LA SOMBRA
de lo que
FUIMOS

Esta obra ha obtenido el **Premio Primavera 2009,**
convocado por Espasa y Ámbito Cultural, y concedido
por el siguiente jurado:

Ana María Matute,
Ángel Basanta,
Antonio Soler,
Ramón Pernas
y Ana Rosa Semprún

LUIS SEPÚLVEDA

LA SOMBRA
de lo que
FUIMOS

ESPASA

Obra editada en colaboración con Editorial Espasa Calpe – Madrid

Ilustración y diseño de portada: más!gráfica

© 2009, Luis Sepúlveda
© 2009, Espasa Calpe, S.A. – Madrid, España

Derechos reservados

© 2009, Editorial Planeta Mexicana, S.A. de C.V.
Bajo el sello editorial ESPASA
Avenida Presidente Masarik núm. 111, 2o. piso
Colonia Chapultepec Morales
C.P. 11570, México, D.F.
www.editorialplaneta.com.mx

Primera edición impresa en España: 2009
ISBN: 978-84-670-3100-3

Primera edición impresa en México: junio de 2009
ISBN: 978-607-07-0173-3

Impreso en los talleres de Litográfica Ingramex, S.A. de C.V.
Centeno núm. 162, colonia Granjas Esmeralda, México, D.F.
Impreso en México – *Printed in Mexico*

A mis compañeras y compañeros
que cayeron, se levantaron,
curaron las heridas, cuidaron la risa,
salvaron la alegría y siguieron andando.

... no es que importe, pero mucho de lo que
sigue es cierto...

WILLIAM GOLDMAN, guión de la película
Butch Cassidy and The Sundance Kid

Cosas diré también harto notables
de gente que a ningún rey obedecen,
temerarias empresas memorables
que celebrarse con razón merecen.

ALONSO DE ERCILLA Y ZÚÑIGA, *La Araucana,*
canto I

uno

«A los viejos sólo nos queda Carlitos Santana», pensó el veterano, y se acordó de otro anciano que cuarenta años atrás tuvo la misma idea, con la diferencia de un apellido, y que la dijo mientras le servía una copa de vino.

—A los viejos sólo nos queda Carlitos Gardel, salud por el morocho —suspiró entonces su abuelo, mirando con nostalgia el color rubí del vino.

Eso fue todo, recordó el veterano. Al día siguiente el abuelo se voló los sesos con un Smith and Wesson calibre treinta y ocho especial, el mismo fierro que mantuvo durante décadas bien limpio y lubricado, con los seis proyectiles en el tambor, envuelto en un trozo de fieltro rojinegro resistente a la humedad, a las polillas y al olvido.

Así lo había recibido de Francisco Ascaso en un bar de la calle San Diego una lluviosa mañana marcada como 16 de julio de 1925 en los calendarios del mundo. Junto a él había otros dos hombres además de Ascaso: Gregorio Jover y Buenaventura Durruti, que maldecía el vino chileno por considerarlo demasiado áspero, raspabuches o alijado.

—Bienvenido a Los Justicieros —se escuchó decir a Durruti, chocaron las copas y Jover le recomendó cuidar el revólver porque tenía historia: con esa misma arma habían liquidado a Juan Soldevila y Romero, cardenal arzobispo de Zaragoza, en 1923.

—Así se hará —respondió el abuelo, que a la sazón tenía treinta años, se llamaba Pedro Nolasco Arratia y era obrero de la imprenta Alborada, especializada en calendarios, almanaques veterinarios y poemarios de bardos tristes a fuerza de amores imaginarios.

Terminaron el vino, pagaron y tomaron un taxi que los llevó hasta la sucursal Matadero del Banco de Chile.

Ése fue el primer asalto a un banco en la historia de Santiago. Por los testigos se supo que los cuatro hombres entraron a cara descubierta, cerraron la única puerta, sacaron las armas y Durruti, con voz más propia de un actor de radioteatro, dijo: «Esto es un asalto pero no somos ladrones, los dueños del capital se unen para explotar a los pueblos de todo el mundo y es justo que les ataquemos donde menos lo esperan. El dinero que nos llevaremos hará posible la felicidad de los condenados de la tierra. ¡Salud y anarquía!».

Al día siguiente el diario *Última Hora* publicó una entrevista a Luis Alberto Figueroa, cajero del banco atracado, y el empleado convertido en suceso declaró que, en efecto, el asalto lo habían cometido cuatro hombres, todos armados, pero que en ningún momento había sentido miedo, pues esos tipos le habían inspirado más confianza que los clientes habituales del banco, y la señora Rosa Elvira Cárcamo, dependienta de un puesto de carnes del matadero, indicó que los cuatro hombres pasaron frente a su establecimiento más o menos diez minutos luego de haberse consumado el delito, en el momento justo en que ella disponía sobre el mostrador un rosario de prietas recién hervidas. Tres hablaban como españoles y uno como chileno, aseguró la señora Cárcamo. El más alto de los españoles —Durruti, según una fotografía difundida por la policía argentina—, al ver las prietas, había exclamado que esas morcillas eran soberbias, y el chileno le había dicho que en Chile se llamaban prietas, y que con un puré de papas bien picante eran lo mejor de la vida. Se llevaron dos kilos y para pagar sacaron dinero de una bolsa en la que, a decir de la señora Cárcamo, había más dinero del que un hombre decente puede ganar en un trabajo honrado.

Otro testigo que topó con ellos, el joven poeta Carlos Díaz Loyola, que firmaba sus versos como Pablo de Rokha, visitante diario del matadero, agregó que «compraron y se alejaron entre la multitud que ponderaba las virtudes de un buen costillar de chancho adobado a la manera chillaneja, de los kilómetros crepusculares de longaniza, del trenzado perfectamente wagneriano de los chunchules, de las ubres expuestas entre homenajes de perejil y de las criadillas que, abiertas, exhibían toda la casta viril de los toros osorninos».

Valga señalar que otro poeta, Ricardo Eliezer Neftalí Reyes Basoalto, más conocido como Pablo Neruda en los ambientes bohemios de la época, leyó estas afirmaciones y en una encendida carta dirigida al director de *Última Hora* criticó al bardo licantetino por su evidente desprecio a las ubres: «Así como los senos de una señora no merecen el oprobio de una mano enguantada, las ubres no han de amargarse entre el perejil, pues nada hay más digno y sensual que el fragante reposo del apio».

En el mismo periódico, Marco Antonio Salaberry, a la sazón director de la policía de Investigaciones, declaraba su estupefacción frente a delincuentes que, tras cometer un atroz delito contra la propiedad, se alejaban del lugar de los hechos a pie, con la misma naturalidad del creyente que sale de su misa diaria. Auguraba la pronta captura de los infractores y al mismo tiempo manifestaba su preocupación por un delito inédito en un país pacífico respetuoso de las leyes.

«Así pues, soy nieto de un pionero», pensó el veterano, y antes de abandonar la casa se miró al espejo. Iba enteramente vestido de negro, la americana era amplia y no delataba el bulto del revólver bajo el sobaco izquierdo. En los bolsillos no llevaba más que unas monedas y una hoja de bloc con un número de teléfono.

—Soy la sombra de lo que fuimos y mientras haya luz existiremos —murmuró antes de cerrar la puerta.

dos

Cacho Salinas odiaba los pollos, las gallinas, los patos, los pavos, todo bicho que tuviera plumas, pero aun así se detuvo frente al asador en el que giraban lentamente unos cuarenta *broílers* ordenados como los soldados cibernéticos de *La guerra de las galaxias*.

—¿Cómo están los pollos? —consultó al vendedor, que meditaba perdido en las páginas deportivas de un periódico.

—En pelotas, muertos, ¿cómo quiere que estén? —respondió el aludido.

Odiaba los pollos, y no por su sabor, los odiaba por estúpidos y los culpaba de transmitir una enfermedad cuyo primer síntoma era la falta de imaginación. Lolo Garmendia le había pedido que se encargara de la intendencia alimentaria del grupo y cuando le consultó por e-mail qué debía comprar, fue bastante categórico: «Compra pollos».

—¿Son pollos frescos? ¿Son sabrosos? Eso es lo que quiero saber.

El vendedor cerró el periódico, echó una mirada a la calle y luego al techo del negocio.

—Mire, compadre: no sé ni me importa el origen de estos pollos, son todos iguales, pesan lo mismo, vienen congelados, pétreos, impasibles. Yo los descongelo, les meto la brocheta por el culo, la saco por el cogote, los embadurno con una salsa que viene en un bote de plástico y tras cuarenta minutos en el asador se convierten en un asunto comestible. ¿Estamos? No me complique la vida.

En ese momento empezó a llover, suavemente primero, y luego el chaparrón se descargó con furia sobre el techo de calaminas. Cacho Salinas se dijo que por fin había encontrado a un chileno con opinión propia y, además, sincero. Otro, en su lugar, se habría deshecho en alabanzas y sonrisas. Una mujer entró sacudiendo el paraguas, pidió un pollo «bonito» y al pagar se quejó del pollo que había comprado días atrás.

—Era puro hueso —aseguró la mujer.

—Era un pollo dietético, señora. ¿No ha escuchado la campaña contra la obesidad? ¿Quiere que su hijo sea un maldito montón de sebo como los jóvenes del Bronx, fofo, agüevonado, negro y cantor de rap? —argumentó el vendedor al tiempo que le entregaba la compra.

Llovía, los vehículos pasaban raudos como escapando de algo indefinible y Cacho Salinas añoró ciudades esplendorosas bajo la lluvia. Una era Bilbao, llena de lugares acogedores donde refugiarse; otra Gijón, que invitaba a caminar bajo el aguacero a lo largo del Muro de San Lorenzo; otra Hamburgo, con sus calles adoquinadas multiplicando las luces. Santiago no podía ser más triste bajo la lluvia. Recordó que alguna vez durante el exilio en París había leído una novela de Ramón Díaz Eterovic titulada *La ciudad está triste,* y acodado en La Petite Périgourdine, el bar de Saint-Michel al que sin motivo aparente iban a dar siempre los latinoamericanos, había llo-

rado con la magistral descripción de la tristeza santia-
guina que hacía el autor.

—Voy a llevar seis pollos dietéticos. ¿Me puedo que-
dar aquí hasta que pase el diluvio?

El vendedor le indicó una de las tres mesas cubiertas
con manteles de plástico y abandonó el mostrador por-
tando una botella de vino y dos vasos. Sirvió, los dos
hombres se miraron fugazmente a los ojos y descubrie-
ron las mismas sombras, las mismas ojeras, el mismo
glaucoma histórico que les permitía ver realidades paralelas o leer la existencia contada en dos líneas narrati-
vas condenadas a no coincidir: la de la realidad y la de los
deseos. Los náufragos del mismo barco tienen un sexto
sentido que les permite reconocerse, como los enanos.

—Perdona si fui rudo, pero me hinchan las bolas
todo el día ya sea quejándose de los pollos o pidiéndome
los currículos. Conversemos un vinito, que cuando
llueve, aquí no entran ni las moscas. Salud.

—Fuiste sincero y eso se agradece. Salud.

Mientras hablaban, dando sorbos a los vasos, descu-
brieron que los unía la misma bronca hacia los pollos y
un presente similar de pájaros desplumados.

El vendedor había sido, y era, comunista —porque
eso es como una verruga moral que no se quita jamás—,

precisó. También era un retornado al país tras diez años de exilio en Suecia. Suspiraba al referirse a Gotemburgo, a sus islas, al mar color acero, a esas mujeres que —precisaba— eligen libremente y con alegría al macho que disfrutará del catre Ikea y con ellas no hay truco que valga. Tenía dos hijos libres del lastre nostálgico, muchachos que habían descubierto raíces escandinavas y por más aéreas que fueran no dejaban de ser raíces que lentamente se fueron hundiendo en el suelo rocoso, chicos que optaron por las noches de jazz en el bar Nefertiti en lugar de asistir a la peñas folclóricas latinoamericanas, que vibraban con la música del grupo Psycore, pues los solos de guitarra de *Kalle* Sepúlveda les sacudían el alma con más fuerza que las notas dolidas del Gitano Rodríguez.

En Gotemburgo había frecuentado a los emigrantes españoles llegados para construir el estado de bienestar en los años sesenta.

—Eran buenos tipos esos albañiles andaluces, mecánicos asturianos, jornaleros extremeños que te invitaban a sus casas, en las que nunca faltaban la tortilla y el jamón digno de su nombre. Trabajaban y ahorraban todos con la misma idea: regresar a España y abrir un bar; esa idea era obsesiva y cuando estaba con ellos llegué a pensar que el Cid se fue a Valencia con la intención de abrir un bar, y que si en el resto del mundo la historia de la sociedad era la historia de la lucha de clases, en España era la historia de los dueños de bares y los clientes, algo que se les pasó por alto a Marx y a Engels e hizo de ellos dos filósofos bajo sospecha de abstemia.

»Me contagiaron, y cuando se acabó la dictadura, mi mujer y yo volvimos con la misma idea. Primero abrimos un pequeño restaurante, La casa de Escandinavia, que duró muy poco porque es imposible convencer a los chilenos de que el arenque no es pescado de gatos, y de que el mar no se come solamente crudo. Espero que a los españoles no les haya ido como a mí, y que sean propietarios de bares atiborrados de sedientos. Estábamos a punto de hacer las maletas nuevamente y regresar a Suecia cuando un día, inspirados en las farmacias de urgencia, unos tipos abrieron las primeras botillerías de urgencia, lugares en los que se vende trago las veinticuatro horas. Así que decidí abrir el pollo de urgencia y aquí estamos, asando pollos mientras el planeta gira sobre su eje. Odio los pollos. Salud, compañero, y cuénteme su bronca.

—Otro día. Tengo que ordenar el relato, pero te aseguro que mi odio a los plumíferos es más fuerte que el tuyo —indicó Cacho Salinas.

Cargando dos bolsas de plástico, salió a la calle. Llovía menos y se echó a andar entre gentes apuradas que maldecían el clima de ese país cuyo himno patrio, modestamente, llamaba *la copia feliz del Edén*.

tres

Primero se escuchó un ruido de vidrios rotos; luego, el objeto salió despedido desde la ventana, con cansada torpeza intentó ascender un par de milímetros, pero de inmediato lo venció la gravedad y cayó a plomo.

La caída no duró más de unos segundos y, si alguien en ese momento y en ese lugar hubiera estado observando el cielo oscuro de Santiago, habría visto que el objeto de marras podía perfectamente ser confundido con una pequeña maleta, dotada de un cable que salía de un costado como el rabo de un animal incapacitado para volar por su misma forma nada aerodinámica y la evidente ausencia de alas.

Cuando el objeto finalmente se estrelló contra el suelo, se abrió en un postrer esfuerzo identitario. Era uno de los mayores portentos tecnológicos de los años sesenta: un tocadiscos Dual apto para discos *long play* de 33, 1/3 revoluciones por minuto, para *singles* de 45 y también para los nostálgicos discos de carbón de 78 rpm. Con el golpe se desprendió la tapa que contenía las dos bocinas del primer aparato estereofónico de la historia de la humanidad. También la cajita de las agujas saltó del interior y quedaron diseminadas como extrañas semillas de metal, germinadas por la humedad invisible de la nostalgia.

Si en su caída el tocadiscos no hubiera encontrado otra resistencia que el aire húmedo de una noche invernal, el golpe habría sido mucho más feroz; la estructura geométrica no apta ni diseñada para soportar tales choques por los ingenieros alemanes, luego de un estremecimiento atómico, de la traición del pegamento, del divorcio del machihembrado y la fuga de los clavos sin cabeza que la sujetaban, no habría sido más que un montón de astillas diseminadas sobre la acera mojada. Pero el tocadiscos fue frenado por la cabeza de un sujeto que, teniendo toda la ciudad para moverse, eligió esa calle, esa noche de lluvia y ese instante de fatalidad vertical.

Recibió el golpe, se detuvo, trastabilló, sintió que la lluvia y la noche de Santiago se extinguían, apoyó la espalda contra un muro, su cuerpo empezó a bajar vencido por una llamada urgente del suelo, se llevó las dos manos a la cabeza buscando una respuesta que no llegaría jamás y finalmente cayó de lado. La cabeza mostraba una abertura de la que escapaban borbotones de sangre y la intimidad grisácea oculta durante sesenta y cinco años bajo el casco de calcio.

Sobre él cayeron, a continuación, un ejemplar de *Las venas abiertas de América Latina*, de Eduardo Galeano, otro de *Reportaje al pie del patíbulo*, de Julius Fucik, *El arte de amar*, de Erich Fromm, y un *Manual de materialismo histórico*, de Marta Harnecker.

Una sucesión generosa de objetos podía haber cubierto aquel cuerpo vencido de no ser por el hombre que, forcejeando con una mujer decidida a lanzar por la ventana reventada un atado de discos de Quilapayún, vio al caído y se llevó las manos a la boca. La mujer hizo lo mismo y enseguida, sin abandonar el gesto de estupor, se miraron.

—Qué cagada, Concha —musitó el hombre.

Concepción García se dejó caer hecha un ovillo y sin que le importaran las gotas de lluvia salpicando su espalda. Tampoco le importó escuchar que en la calle no se veía un alma, ni la mano del cónyuge remeciéndola mientras le sugería bajar a comprobar si el tipo de la calle estaba muy malherido.

Coco Aravena salió al pasillo y luego comenzó a bajar las cuatro plantas. «Qué cagada», musitaba bajando peldaños. Minutos antes todo estaba en paz, había llegado feliz del videoclub con una copia de *Reservoir Dogs* y una batería de cerveza dispuesto a pasar una noche de lluvia de la mejor manera posible: mirando un clásico, el mejor Tarantino de todos los tiempos, superior a *Pulp Fiction,* como le había indicado a su mujer apenas abrió la puerta, pero Concha casi no le había prestado atención, esgrimiendo un atado de papeles y anunciando histérica que los echaban del piso por morosidad reincidente.

—Calma, Concha, hay que conservar la calma —alegó metiendo las cervezas en la nevera, pero la mujer insistió agregando que ya no soportaba la indolencia, vagancia, falta de vergüenza de alguien que ni siquiera se inmutaba frente a la evidencia de ser lanzados a la puta calle.

—Vamos, Concha, conservemos la calma, que mañana se arregla todo, hay que ser optimistas, pensar en positivo, *smile,* Conchita. Ven, siéntate a mi lado y disfrutemos de esta joya que traje, un clásico, nena, un clásico.

Antes de que un volcán entre en erupción se sucede una serie de pequeños temblores que aumentan de intensidad en breve tiempo, y en el aire se huele el esfuerzo muscular de la tierra. Algo similar ocurrió con Concepción García; sus músculos faciales se contrajeron, los dientes apretados chirriaron, las manos empuñadas se pegaron a su cuerpo y la erupción, primero verbal, apuntó a que estaba hasta los ovarios de sus malditos clásicos, a que estaba harta de vivir con un fracasado que no movía un dedo para salir de la miseria, con un vago que no hacía más que pegar el culo en el sillón y desde ahí lloriquear como una Magdalena con películas que no le interesaban a ningún ser humano con dos dedos de frente, ¿o acaso no había lloriqueado la noche anterior mientras ella zurcía calcetines?

—Nadie permanece impasible viendo *El hombre que mató a Liberty Valance* —se defendió el cónyuge.

Y ahí estalló el volcán. En ese momento ardió por fin Troya. La mujer fue hasta el estante, agarró el tocadiscos, todo un clásico de la tecnología, y a la voz de «ahí va tu clásico de la música» lo arrojó contra la ventana, y a continuación siguió con los libros y gritando «ahí van tus clásicos de la literatura social» también los arrojó a la calle, y él sólo alcanzó a detenerla cuando se aferraba a los clásicos de la canción protesta.

Coco Aravena salió a la calle cuando la lluvia arreciaba nuevamente, miró a ambos lados, se alegró de no ver a nadie y se acercó al caído.

—Amigo —musitó tocándole un brazo, pero el hombre enteramente vestido de negro no respondió.

Recordó que en algunas películas comprueban si alguien está vivo tocándole el cuello, pero no se atrevió a hacerlo. Además, en ninguna película mostraban un primer plano del lugar preciso que se debe tocar, así que prefirió darle un par de patadas y tuvo la certeza de que el hombre vestido de negro ya no era de este bando.

Una vez más miró hacia los dos lados de la calle y envalentonado por la soledad revisó los bolsillos del muerto. Encontró un puñado de monedas y una hojita de papel. Al intentar revisar los bolsillos interiores de la americana descubrió el revólver metido en una sobaquera de cuero.

—¡Ay, Concha! Qué cagada, te cargaste a un poli —suspiró, y emprendió el regreso.

cuatro

L ucho Arancibia resolvía el crucigrama de un dominical de *El Mercurio* pensando en lo bien que estaría a esa hora en casa de los viejos, con la estufa de parafina encendida, mirando la televisión en silencio mientras su madre ponía la mesa para cenar y anunciaba que, fiel a los días de lluvia, de postre tenía sopaipillas pasadas.

—Es curioso —dijo—. *El Mercurio* es un diario chileno y en el crucigrama nunca ponen: palabra de diez letras, torta frita hecha con harina de trigo y pulpa de zapallo hervido, sopaipilla, o dos palabras que definen un postre hecho con tortas fritas de harina de trigo, pulpa de zapallo hervido, maceradas en almíbar de caña de azúcar, más conocido como chancaca, ergo, sopaipilla pasada.

Hacía frío en el galpón, y la lluvia cayendo a chuzos sobre la techumbre de cinc aumentaba la sensación de abandono del lugar. Una gata hidráulica cubierta de polvo y una desmontadora de neumáticos hablaban de otros tiempos de trabajo, de la noble misión de poner en marcha lo que la vida detenía.

En un muro de tablones todavía se podía ver a Pitica Ubilla, la reina chilena del *striptease,* luciendo unas tetas monumentales aunque semicubiertas por un sostén de lentejuelas. Era el motivo del último calendario del taller de los hermanos Arancibia.

—Arancibia Hermanos, técnicos de verdad —leyó en voz alta, y le pareció sentir el ruido de los buenos tiempos, cuando junto a Juan y a Alberto le daban duro a las reparaciones de cuanto cacharro con ruedas llegaba a sus manos. Recorrió todo el lugar con la mirada y descubrió que, además de la gata y la desmontadora, también estaba el tambor de aceite convertido en parrilla.

Regresó al crucigrama. Seis letras, ciudad del País Vasco.

—Bilbao, siempre sale. ¿Por qué no ponen palabras inteligentes que tengan que ver con nosotros? Por ejemplo: diez letras, campo de concentración en el que si te sacaban de noche no regresabas nunca. Puchuncaví. Ocho letras, lo que sientes cuando tus viejos van a verte a la cárcel y te dicen que tu hermano Juan ha muerto acribillado a tiros en un basural. Tristeza. Seis letras, qué sientes si al abrir un agujero en la tierra encuentras tres esqueletos con las manos atadas a la espalda y uno lleva los zapatos de tu hermano Alberto. Bronca. Putas, de nuevo estoy hablando solo.

Unos golpes en el portón lo sacaron del crucigrama. Levantó la tranca, entreabrió y vio a un tipo muy mojado abrazado a dos bolsas de plástico.

—Santo y seña —exigió.

—Soy yo, Cacho Salinas. Abre, que se me están mojando los pollos.

—Santo y seña o no abro —insistió.

—Luchito, soy yo, perrito. No hay santo y seña, eso era antes, ya no hay vida clandesta, se acabó —imploró Salinas chorreando agua.

«Es mi huevo izquierdo. Los chicos malos le fundieron un plomo, pero sigue al pie del cañón. Síguele la corriente», había dicho Lolo Garmendia al referirse al hombre que permanecía impasible al otro lado del portón.

—No me acuerdo del santo y seña. Dame una pista.

—Canción de lucha que cantábamos en las escuelas de cuadros de las Juventudes Comunistas. Primer verso de la primera estrofa.

Salinas tomó las dos bolsas con la mano izquierda y con la derecha se estrujó la frente.

—*Desde el hondo crisol de la patria...*

—No. Ésa es la primera estrofa del *Venceremos* y nunca se cantó en las escuelas de cuadros. No te abro.

—Mírame, soy el Cacho Salinas, más viejo pero el mismo, y estoy empapado, huevón.

—Sin santo y seña no entras. Pero te daré otro dato: canción de lucha que cantaban los camaradas del Komsomol con letra del poeta francés Gaston Montéhus.

Salinas sintió deseos de patear el portón, dar media vuelta y largarse, pero ¿qué hacía entonces con los pollos? Cerró los ojos y apuró las neuronas hasta que en la pantalla de su mente se perfiló el cuadernillo rojo del cancionero proletario. No podía tratarse de *La Internacional,* tampoco era *La Varsoviana*. Entonces recordó que el tipo del otro lado del portón se llamaba Luis Pavel, como Pavel Korchaguín, el héroe de *Así se templó el acero*.

—*Somos la joven guardia* —canturreó Salinas.

—*Que va forjando el porvenir* —cantó a su vez Arancibia, y abrió el portón.

Cacho Salinas entró, se quitó el abrigo empapado, dejó las bolsas con los pollos asados sobre un mesón hecho con tablones y al ver el medio tambor convertido en parrilla, sugirió buscar unos palos para encender un fuego.

—Siéntate, yo lo haré —respondió Arancibia, y se dirigió al rincón de los escombros cantando con voz ronca: *hijos de la miseria, ella rebeldes nos formó.*

Salinas lo vio hurgar entre los escombros. Arancibia era todavía corpulento, pero de la misma manera como el Santiago que se extendía al otro lado del portón no era la ciudad que guardaba en su memoria, ese Lucho Arancibia no era el muchacho fuerte que empujaba a los demás en los trabajos voluntarios de los años sesenta, cuando las muchachas comunistas anudaban el pañuelo rojo a los cuellos de los compañeros y los besaban para que probaran el néctar del amor de los días que vendrían.

—*Somos los hijos de Lenin, y vuestro régimen feroz el comunismo ha de abatir, con el martillo y con la hoz.*

Lucho Arancibia arrojó el atado de palos secos al medio tambor, arrugó unas hojas del dominical de *El Mercurio,* encendió el fuego mirando las llamas que crecían y siguió cantando.

—*Mañana muy temprano masas triunfantes marcharán y ante la guardia roja los poderosos temblarán.*

—¿Cómo te va, guardia rojo? —saludó Salinas ofreciéndole un cigarrillo.

—Qué quieres que te diga. Ya no somos la Joven Guardia —respondió Arancibia acercándole una tea encendida.

No. No eran la Joven Guardia. La juventud se había quedado diseminada en cientos de lugares, arrancada a jirones por los golpes de picana eléctrica en los interrogatorios, sepultada en fosas secretas que lentamente aparecían, en los años de cárcel, en habitaciones extrañas de países más extraños todavía, en regresos homéricos a ninguna parte, y de ella no quedaban sino himnos de lucha que ya nadie cantaba porque los dueños del presente decidieron que en Chile nunca hubo jóvenes como ellos fueron, jamás se cantó *La Joven Guardia* y las muchachas comunistas no tenían en los labios el sabor del futuro.

—Será mejor que saques los pollos, se ponen babosos en las bolsas de plástico —indicó Arancibia.

Seguía lloviendo sobre Santiago. A las trombas sucedía un aguacero más lento y al poco rato las nubes volvían a descargar su rencor. Los dos hombres acercaron sillas hasta el fuego y se quedaron mirando las llamas.

—¿Quieres un vino? Compré una garrafa de Santa Rita. El Lolo me prohibió traer vino, pero yo lo mandé a la mierda, que es lo que se debe hacer en estos casos —dijo Arancibia.

—Viene muy bien un vinito con este tiempo —aseguró Salinas.

Bebieron en silencio. El Santa Rita era el mismo vino de siempre, vigoroso, fuerte, áspero, raspabuches, seco, alijado, pero calentaba por dentro.

—Muchos años sin vernos —dijo Salinas.

—Muchos. Tú te fuiste de la juventud comunista en el 68 —precisó Arancibia.

—No me fui, Lucho. Me expulsaron junto a cientos de militantes. ¿Te acuerdas de la muerte del Che en Bolivia? No nos gustó lo que dijo entonces el partido, que el Che era un aventurero irresponsable, un provocador, un agente de la CIA. Muchos manifestamos nuestro desacuerdo y el partido respondió con un acto de fe en el cine nacional, el viejo cine de la avenida Independencia. Ahí, el capitán veneno, don César Godoy Urrutia, tuvo su día de gloria expulsando a cientos de militantes acusados de ultraizquierdismo, la enfermedad infantil del comunismo. Ordenaron que entregásemos los carnés y los lanzamos al aire, después exigieron que nos quitásemos los pañuelos rojos y ninguno lo hizo. Todavía lo conservo.

—Tiempo pasado, muerto. Yo también quise marcharme, pero estaban los viejos, que conocieron a Luis Emilio Recabarren, a Elías Laferte, y mis hermanos Juan y Alberto, que eran cuadros del partido. En mi familia se era comunista o no te llamabas Arancibia. ¿Cuándo volviste del exilio?

Quiso responder que del exilio no se regresa, que cualquier intento es un engaño, una absurda tentativa por habitar en un país guardado en la memoria. Todo es bello en el país de la memoria, no hay percances en el país de la memoria, no tiembla y hasta la lluvia es grata en el país de la memoria. El país de Peter Pan es el país de la memoria.

—Hace medio año. Viví trece años en París y un día me dije que tenía que volver.

—París. ¿Conociste a Brigitte Bardot?

—No, ¿cómo iba a conocerla?

—Me parece increíble vivir tantos años en París y no conocer a Brigitte Bardot. No tiene sentido —precisó Arancibia.

—Y tú, ¿qué?, ¿estás casado, separado, emparentado?

—Yo hablo solo, Cacho. Los milicos me fundieron un plomo y hablo solo. A veces voy por la calle y empiezo a discutir conmigo mismo, la gente me mira, algunos se cagan de la risa, otros me hacen demostraciones de lástima, pero no me importa. ¿Qué mujer se juntaría con un tipo que habla solo? Te aviso: si de pronto empiezo a hablar sin que ninguno me haya consultado nada, méteme un sopapo; estás autorizado, un sopapo en la jeta, pero uno nomás. Tengo un plomo fundido, pero no soy huevón. ¿Por qué tarda tanto el Lolo? Tiene que estar aquí para cuando venga el especialista.

—¿Sabes algo de ese tipo?

—Eso no más. Es un especialista —precisó Arancibia, y quiso saber qué lo había acojonado e impedido de llegar hasta Brigitte Bardot. Salinas aludió primero a una cuestión de tiempo, y agregó que ahora la actriz era una veterana gorda, reaccionaria y malhumorada dedicada a criar perros.

—Mentiras. Es preciosa, rubia, toma el sol en pelotas en una terraza y para llegar a ella basta con apartar unas sábanas tendidas a secar —respondió Arancibia.

Inamovible país de la memoria. Incorruptible como una teta de Santa Teresa o una película de Roger Vadim.

cinco

Concepción García no movió una pestaña y permaneció acurrucada en el suelo mientras el cónyuge desmontaba las dos hojas de la ventana rota del salón y las cambiaba por otras de un dormitorio. Permaneció con la cabeza hundida y los brazos cruzados sobre el pecho, ajena al frenesí reparador de Coco Aravena, que, como un absurdo manual de autoayuda, repetía la necesidad de conservar la calma.

La mujer estaba lejos, muy lejos de esa ciudad invernal y del homicidio reciente. Estaba en Berlín, caminaba feliz mirando las vitrinas de Kurfürstendamm, pensaba subir a la cafetería de los almacenes Hertie a tomar una buena copa de helado y desde ahí mirar los techos de una ciudad que cuando la recibió tenía algo de isla. Le encantaba la cafetería del Hertie, el aroma a café, a tabaco y a vainilla que impregnaba el ambiente. Apenas hubiera probado el helado, una camarera solícita se le acercaría a preguntarle *Na, Schmeckt?,* y ella respondería que sí, que le gustaba, que estaba rico. Y agregaría *Danke schön* con toda la emoción posible, pues amaba vivir en una ciudad en donde las gentes se preocupaban por el otro. Luego pasaría por una frutería, una vez más se maravillaría de las frutas ordenadas de manera apetitosa, escucharía a una mujer como ella decir *Ich hätte gerne zwei wunderschöne Tomaten,* cuando le llegara el turno también diría: «Quisiera dos maravillosos tomates», y el vendedor se los ofrecería envueltos en palabras: *zwei wunderschöne Tomaten für die hübsche Dame,* y se marcharía feliz de ser una bella dama con dos maravillosos tomates. Amaba Berlín desde el día en que, junto al cónyuge empecinado en dormir durante todo el vuelo, aterrizaron en Tempelhof y una pareja de muchachos intensamente rubios que podían ser los hijos que no tuvo la abrazaron exclamando: «¡Bienvenida a Berlín, compañera!».

Amaba Berlín con intensidad kennedyana. A las dos semanas de asistir al curso intensivo de alemán impartido por voluntarias del Chile Komite dio un paseo junto a una de las instructoras, Helga, una veinteañera que sabía todo sobre Chile. Llegaron hasta el Muro, al otro lado estaba el socialismo real protegido por toneladas de hormigón, alambrada electrificada y un campo minado. Helga le informó que estaban en la Puerta de Brandeburgo, y que en ese mismo lugar John Kennedy había pronunciado la famosa frase *Ich bin ein Berliner*. Entonces, Concepción García trepó a una banca, abrió los brazos y exclamó *Ich bin eine Berlinerin!* y Helga la abrazó diciendo: «Sí, por supuesto que eres una berlinesa».

—¿Concha? ¿Entendiste?

No había entendido, ni escuchado, ni visto cuándo el cónyuge se había acuclillado frente a ella.

—Repítelo, por favor.

—Lo primero es conservar la calma. Calma. Pasaron dos personas por la calle y vieron al muerto, así que es de suponer que ya avisaron a la policía y no tardarán en venir a hacer preguntas. Calculo que eso será mañana, una vez que hayan descubierto nuestras huellas digitales en el tocadiscos y en los libros. ¿Entiendes?

—¿Qué huellas digitales?

—¡Ay, Concha! Si miraras con atención esos clásicos del cine policial sabrías que en todo lo que tocamos quedan las huellas digitales, las muestras de ADN que siempre conducen hasta los asesinos.

Asesinos, asesina. En eso se había convertido. Concepción García se mordió los labios y cerró los ojos buscando inútilmente desaparecer en una oscuridad salvadora.

—Pero hay que conservar la calma —prosiguió el cónyuge—, y lo primero que haremos será ir a la comisaría a denunciar un robo. El discurso oficial es el siguiente: fuimos juntos al videoclub porque estábamos esperando desde hacía semanas que devolvieran una película, *Reservoir Dogs,* un clásico de Tarantino. Yo entré al videoclub, tú permaneciste afuera porque te agrada la lluvia, y cuando regresamos con la película, coartada número uno, encontramos la puerta abierta y de inmediato echamos en falta el tocadiscos y otros objetos de valor familiar. En ese discurso debemos mantenernos, Concha. Seguramente vendrán dos policías, uno será grosero, brutal, y el otro una buena persona, pero es el viejo truco del poli bueno y el poli malo. Nosotros tenemos que conservar la calma y mantenernos en el discurso.

Concepción García se dejó poner el abrigo, la gorra de lana, aceptó la mano del cónyuge mientras bajaban la escalera y deseó fervientemente que abajo estuviera la Jakobstrasse, que fuera un día luminoso en Kreuzberg, el barrio fragante a especias ofrecidas por los comerciantes turcos, a los *donner kebab* asándose lentamente en las parrillas verticales.

Seguía lloviendo. El cuerpo del muerto continuaba tirado sobre la acera, las ropas negras brillaban mojadas, pero no había el menor rastro del tocadiscos homicida ni de los libros.

—Qué gente de mierda —murmuró Coco Aravena.

—No te entiendo, no entiendo nada —dijo la mujer.

—Mira, Concha. Le robaron los zapatos —precisó el cónyuge indicando los desnudos pies marmóreos del muerto.

seis

El mismo año 71, apenas Allende asumió la presidencia, la ultraizquierda empezó a incentivar las tomas, las ocupaciones de los lugares de trabajo en los que había problemas que, bien mirados, no pasaban de ser líos que se arreglaban de manera simple, legal, pero bajo la consigna leninista de «Mientras peor, mejor», se ocupaban fábricas que no tenían la menor importancia. Y claro, como el gobierno popular no podía reprimir, se nombraron interventores y para ello se buscó entre la militancia a los compañeros que de verdad entendían la naturaleza y las limitaciones del gobierno del pueblo. Había que poner a trabajar rápidamente todas esas fábricas y pequeñas industrias ocupadas, los interventores tenían que ser muy dinámicos, creativos, ser creativos era la consigna. Para evitar dilaciones burocráticas, cada interventor era representante de los Ministerios del Trabajo, Bienestar Social, Obras Públicas, Agricultura y hasta del mismo compañero presidente.

—Eran comisarios del pueblo, como Strelnikov, el del tren de acero en *Doctor Zhívago* —apuntó Arancibia.

—Algo así, pero nosotros no mandábamos a Siberia a ningún turco —precisó Salinas.

—Omar Sharif no es turco, es egipcio —indicó Arancibia.

—¿Me dejas seguir o te meto el sopapo?

—Sigue, pero hay que ser preciso con los detalles históricos, de otra manera se confunde a las masas. ¿Más vinito? —ofreció Arancibia.

—Dale. El asunto fue que un día me nombraron interventor de una avícola en Puente Alto, ya sabes, al sur de Santiago. En una serie de galpones de malla metálica había unas incubadoras que podían sacar dos mil pollos a la semana, unos bichos feos, blancos, casi albinos, que a los sesenta días estaban listos para el sacrificio. Además, la avícola tenía dos mil gallinas ponedoras, lo que significaba una producción de sesenta mil huevos al mes. El negocio funcionaba sin problemas, en la avícola trabajaban unos veinte tipos que conocían su trabajo y los canales de comercialización tampoco ofrecían contratiempos, así que instalé mi saco de dormir en la que había sido la oficina del administrador, mis libros, la mochila, y empecé a familiarizarme con los pollos y las gallinas. Todo fue bien los dos primeros meses, pero al tercero, otros compañeros de la ultraizquierda decidieron ocupar la fábrica de alimento y no tuvimos pienso para los bichos. Tanto los pollos como las gallinas resistieron dos días sin mayores muestras de desesperación, pero al tercero los pollos empezaron a picotearse entre ellos, las gallinas dejaron de poner y el cacareo de hambre te rompía el alma. La consigna era ser creativos, así que al quinto día fui hasta la propiedad vecina, una deshidratadora de frutas también ocupada, que tenía unas veinte hectáreas de frutales, mucha hierba, y el interventor me autorizó a llevar mis pollos y gallinas para que pastaran.

Los obreros de la avícola hicieron de pastores, y era todo un cuadro ver a esos diez mil pollos y dos mil gallinas caminando a saltitos por un camino de tierra. El campo es pródigo en bichitos menores, caracoles gordos, jugosas lombrices, crocantes grillos, pero esos pollos y gallinas nunca habían visto un gusano, los ignoraban, les temían, huían de ellos, y el pasto ni lo miraban. Vaya si fue triste el regreso a la avícola, y lo que vino fue peor, pues el ejercicio les había aumentado el hambre y los malditos pollos empezaron a practicar el canibalismo.

»Al décimo día quedaban vivos la mitad de los pollos, las gallinas no ponían huevos pero resistían, y aunque ahora me resulta increíble, una, una sola gallina, puso todos los días su huevo de rigor. Yo anotaba en el informe de producción: huevos, uno.

—Era una gallina con conciencia de clase —aseguró Arancibia.

—Una heroína del trabajo socialista. Al undécimo día, dudando entre el suicidio o el asesinato en masa, nos decidimos por lo segundo; ser creativos era la consigna, de tal manera que reuní a los más maceteados de la avícola, nos armamos con unas escopetas de caza y en un par de camiones salimos rumbo a la fábrica de alimentos.

—Eso se llama voluntad. La misma que mostraron los komsomoles que debían llevar carbón para el invierno moscovita del año 19. Los atamanes pretendían usar la táctica del frío para derrotar al bolchevismo, creían que el General Invierno se pondría de su parte, pero no contaron con la Joven Guardia, con muchachos del espíritu de Pavel Korchaguín. Sin embargo, no lo veo todo tan claro. Esos tipos que habían tomado la fábrica de alimentos también eran compañeros, y no se solucionan a tiros las contradicciones en el seno del pueblo —opinó Arancibia.

—¿Necesitas el sopapo? Desde luego que eran compañeros, también lo eran los que ocuparon unas viñas y decidieron beberse toda la producción alegando que llevaban años chupando sobras.

—Stalin dijo que los prejuicios de clase empañaban la percepción objetiva. Algunos teníamos sed de justicia, sed de igualdad social, ¿por qué esos tipos no iban a tener sed de buen vino? Los pequeñoburgueses son de por sí inapetentes. Mejor sigue con los pollos —indicó Arancibia.

—Lo de pequeñoburgués me lo guardo, huevón. Llegamos a la fábrica, el primer intercambio de opiniones no fue muy fraterno y cuando se nos terminó el inventario de puteadas estábamos iguales. Ellos, armados de escopetas, algún pistolón y ningún deseo de soltar unos costales de pienso. Nosotros, con nuestros fierros y todas las ganas de asaltar las bodegas. Al final llegamos a un acuerdo: ellos nos dejaban cargar los camiones y nosotros les mandábamos pollos para mantener la olla común.

—Las clases pueden lograr acuerdos temporales tácticos que no lesionan la estrategia de la vanguardia conductora. Lo dice Lenin en el *¿Qué hacer?* —apuntó Arancibia.

—Lenin no sabía nada de pollos, y la camarada Nadezhda Krupskaia no era capaz de freír un huevo. Lo dice el peladito en *Los porfiados hechos* —acotó Salinas.

—Esa infamia tendrías que probarla ante un comité de control de cuadros, pero como dijo el camarada Vo Nguyen Giap, por más que la burguesía falsee la historia, ella siempre da la razón a los oprimidos, y la camarada Alexandra Kollontai denunció la perversidad de los mitos sociales convertidos en escollos para la libertad del amor. No sé qué estás esperando para llegar al fin de la historia. Quiero saber qué pasó con tus malditos pollos.

—La Kollontai. Nombrarla era como decir Trotski delante de Stalin, o Vietnam en presencia de Nixon.

Cargamos los camiones a toda prisa, regresamos a la avícola, llenamos los comederos generosamente y me fui a dormir, no mucho, porque a las pocas horas me despertaron unos compañeros anunciando que las gallinas y los pollos tenían una bacanal en los corrales. Por decir las cosas en ese lenguaje que tanto te gusta, los bichos estaban entregados al más burgués de los liberalismos y por nuestra culpa. Con la prisa, en lugar de cargar los camiones con pienso, lo hicimos con costales de un complejo vitamínico que se daba en proporción de un puñado por cada dos costales de alimento. Los pollos estaban frenéticos y las gallinas locas, perdían el plumaje a puñados. Al amanecer, teníamos siete mil pájaros en bolas y cagados de frío.

—Nada importa si se está al calor de las grandes verdades proletarias —precisó Arancibia.

—Y una mierda. No quedó otro remedio que acudir al sindicato de la fábrica de alambre de cobre, esos tipos eran los más sensatos del país. ¿Te acuerdas del viejo Yáñez? Él nos puso en contacto con el interventor de una fábrica de estufas, y así rodeamos los corrales de calefactores a gas. Nunca fue tan costoso producir un huevo ni ver crecer un pollo. Los odio con toda mi alma —concluyó Salinas y vació de un trago su vaso.

—¿Pechuga o muslo? —preguntó Arancibia desmenuzando uno de los pollos asados.

—Cuidado: una chispa puede encender una pradera —respondió Salinas.

siete

El Cuartel de Investigaciones, la policía criminal chilena, estaba frente a un edificio de ladrillos rojos que empezaban a demoler. Era la antigua cárcel pública, una demostración arquitectónica del barroco turinense a la chilena que en sus tiempos de prisión nada tuvo que envidiar a Alcatraz como universidad del delito.

Desde su despacho, el inspector Crespo miraba llover rogando por una escampada para cuando amaneciera, pero el boletín del tiempo había dado más lluvia sobre Santiago y no pudo evitar una risita al pensar que en los barrios proletas, a esa misma hora, los desaprensivos de siempre estarían taponando con basura las alcantarillas. De esa manera, las calles serían ríos caudalosos y los mismos herederos de la maldita picaresca que llegó con los conquistadores estarían en las esquinas, vestidos con chubasqueros de plástico y botas de goma, ofreciéndose como caballos que a cambio de unos pesos pasaban de una acera a otra a los ciudadanos que no querían mojarse. En cierta ocasión reprendió a unos sujetos que tapaban los desagües y les encaró esa acción delictiva.

Los tipos no se inmutaron, alegaron que eso se llamaba libertad de mercado y siguieron con el cometido de hacer de Santiago una triste réplica de Venecia.

En ese momento entró Adelita Bobadilla, la detective orgullosa de ser parte de la primera promoción de polis con las manos limpias, de los que en 1973 todavía no habían nacido o eran muy pequeños para ser torturadores y aliados del narcotráfico. Venía empapada, se quitó el impermeable de hule azul, lo colgó cerca del calefactor y al ¿qué se cuece? del inspector respondió alargándole unos folios.

—Léelos tú misma, tienes bonita voz y cuando llueve me gusta que me cuenten cuentos —ordenó el inspector.

—Tenemos un muerto encontrado en la vía pública. Varón de unos setenta años, un metro ochenta de estatura, noventa y cinco kilos, vestía pantalón negro, camiseta negra, chaqueta también negra e iba descalzo.

—¿Iba o lo encontraron sin zapatos?

—No lo sé, inspector. Presentaba una herida en la cabeza propinada con un objeto contundente y de aristas afiladas, con fractura del parietal derecho, pérdida de masa encefálica y hemorragia atribuibles como causa del deceso. No portaba ningún documento que permitiera su identificación, pero el análisis de sus huellas dactilares dio resultado positivo.

—El único resultado positivo posible sería que ese pobre tipo siguiera vivo.

—Se trata de Pedro Nolasco González —informó la detective, y al ver el gesto paralizado del inspector detuvo su informe. Conocía ese gesto de gato alerta.

—Pide un patrullero y ponte de nuevo el uniforme de pitufa. Nos vamos a la morgue —ordenó el inspector.

La tibieza del patrullero invitaba a arrellanarse y pedir al conductor que los llevara a cualquier parte, bajo la lluvia. La detective esperaba a que el inspector abriera la boca, el gesto fruncido indicaba que la sesera iba trabajando a toda máquina.

—Supongo que miraste el prontuario.

—Sí, inspector. Pero no sé si llamarlo prontuario. Es una larga lista de denuncias y condenas leves por delitos menores, raros, inusuales. Lo último que tenemos de él es que en 1982 atacó un criadero de visones en la Patagonia, soltó a dos mil y tantos ejemplares valorados en varios cientos de miles de pesos, animales que se mezclaron con la fauna local y perdieron todo su valor. La denuncia fue hecha por unos peleteros emparentados con el general Arellano.

—Y todo Chile se cagó de la risa cuando se supo. Como tú eres tan joven, Adelita, y te enseñaron historia en un folleto de dos páginas, ignoras que durante el gobierno militar, o régimen autoritario, como dicen los que desterraron la palabra dictadura del diccionario, Pinochet le regaló el país a un yerno, un delincuente de apellidos que suenan a jarabe para la tos, Ponce Leroux, como recompensa por haberse casado con su hija más tonta. Esto no es nada nuevo; en todos los países se premió a los que cargan con la prole estúpida de los mandamases, ¿por qué íbamos los chilenos a ser diferentes? El yernísimo es hoy uno de los hombres más ricos del mundo, hizo fortuna comprando a precio de ganga las industrias nacionales y más tarde las vendió con unas ganancias que jamás se conocerán. Debe de ser duro dormir aferrado a las piernas peludas de una tonta, de tal manera que, en compensación, recibió los bosques del sur y los convirtió en astillas. Un buen día, un puñado de oficiales preocupados por los precios de las pieles que sus mujeres pagaban en las tiendas de Miami, le encargaron que impulsara la producción chilena de pieles finas, importaron varios miles de visones canadienses y los dejaron en unas granjas de la Patagonia. Pero no contaron con los conejos patagones, unos obsesos sexuales que se montan a cuanto bicho se mueva. Así se degeneró la especie, nacieron unos visones con orejas largas y un pompón en el culo que se convirtieron en plaga y hubo que exterminarlos a tiros. Yo le habría dado una medalla —meditó el inspector.

—En 1998 fue denunciado por atentar contra las salmoneras de Puerto Aysén.

—Otro acto más meritorio de reconocimiento que de castigo. ¿Sabes por qué cuesta tan caro el pescado? Porque nuestros economistas entregaron los fiordos australes a empresas extranjeras. Producir un kilo de salmón, amén de las hormonas y colorantes, precisa de ocho kilos de pescado convertido en alimento para los salmones que nosotros, país generoso y líder de la libertad de mercado, entregamos gratis. Nunca se probó que él estuviera con el grupo ecologista que voló unos diques y dejó escapar varios miles de salmones.

—Lo más extraño de todo es que todavía hay una orden de captura del año 71, pero no se indica el delito, ni si ha prescrito —comentó la detective.

—Tú naciste en el 73, ¿verdad, Adelita?

La detective asintió y el inspector juntó las manos, como los abuelos que se disponen a contar una historia de Pedro Urdemales.

—Tres años antes de que vinieras al mundo Salvador Allende ganó las elecciones presidenciales y, un año más tarde, en junio del 71, una organización medio anarquista medio lumpen llamada Vanguardia Organizada del Pueblo asesinó a un ex ministro del gobierno anterior, el señor Edmundo Pérez Zujovic, a su vez responsable de una masacre en la que murieron mujeres y hombres en Puerto Montt. Habían ocupado unos terrenos de manera ilegal para levantar ahí sus covachas y tener un lugar en donde pasar el invierno del sur, que es frío con alevosía. Yo era joven entonces, como tú, era un cachorrito recién salido de la escuela de detectives. De arriba llegó una orden: encontrarlos y matarlos a todos. ¿Quién dio la orden? Eso lo dirá alguna vez la historia, el día en que los chilenos dejemos de ser unos cagones con miedo a nuestro propio pasado. Los asesinos eran dos muchachos de apellidos Rivera Calderón; primero encontraron a una hermana de éstos, la torturaron hasta que delató a sus hermanos, fueron a por ellos y los liquidaron. A las pocas semanas, otro militante de la VOP, un hombre viejo llamado Heriberto Salazar Bello, se acercó hasta el Cuartel de Investigaciones cargado de explosivos bajo el abrigo, esperó a que el nuevo turno llegara y se voló por los aires. La explosión mató a tres detectives que entraban a cumplir servicio. El caso se cerró con un prófugo, Pedro Nolasco González, pero nunca hubo pruebas que le relacionaran fehacientemente con el crimen del ex ministro.

—¿Y por qué entonces la orden de captura? —consultó la detective.

—Porque somos un país rencoroso. El abuelo de Pedro Nolasco González, que también se llamaba Pedro, asaltó un banco en 1925 junto a tres anarquista españoles.

—¿El famoso asalto al Banco de Chile, el primer delito de esa especie que se cometía en el país?

—Sí, Adelita. Pero con un matiz. El primer asalto a un banco en la historia de Chile lo cometieron unos bandidos yanquis en Punta Arenas. El 20 de diciembre de 1905, Etta Place, Butch Cassidy y Sundance Kid asaltaron el Banco de Londres y Tarapacá, llevándose un botín de cien mil pesos de oro. *O tempora, o mores!* —exclamó el inspector.

El cadáver del veterano estaba en una bandeja de acero cubierto con una lona verde. Le habían anudado una etiqueta al dedo gordo del pie derecho que el inspector leyó antes de levantar la lona.

—Mala cosa, Pedrito. Mira que terminar así, con todas tus ideas fugándose por un agujero —murmuró el inspector—. ¿Qué opinas, Adelita?

—Bueno, es evidente que lo mató el golpe recibido.

—Adelita, este hombre medía un metro ochenta y, pese a su edad, era de los bien plantados. Para darle un golpe tan contundente el asesino tendría que medir necesariamente más de dos metros, y en este país no abundan los jugadores de los Lakers. Me inclino más por una muerte accidental, un macetero que cayó, por ejemplo. ¿Encontraron restos de cualquier cosa junto al cuerpo?

—No, inspector, pero unos vecinos que viven justamente en la calle donde fue encontrado denunciaron un robo de electrodomésticos.

El inspector pidió una lupa y observó detenidamente la herida. Luego pidió una pinza, hurgó con ella tras la oreja derecha del muerto y extrajo una delgada lámina de metal.

—¿Te gusta escuchar música, Adelita?

—Sí, inspector. En mi tiempo libre, claro.

—¿Y cómo la escuchas?

—Bueno, tengo un reproductor de cedés, también un mp3.

—Te presento un trozo de arqueología musical. Una aguja de tocadiscos.

La detective guardó el objeto en una bolsita de plástico y quiso saber qué harían a continuación.

—Lo más sensato es buscar un lugar en donde nos sirvan una buena taza de té y unas sopaipillas pasadas. Está lloviendo y es lo más recomendable en estos casos.

La detective supo entonces que la noche iba a ser muy larga.

ocho

olo Garmendia dejó la bolsa de pan junto a los pollos, se quitó el impermeable chorreante y enseguida se encontró con la mirada de Cacho Salinas. Imaginaba lo que el otro pensaba al verlo con treinta kilos de más, algo más de un kilo por cada uno de los años que los habían separado. Y calvo, por añadidura, despojado para siempre de la pelambrera de *black panther* que tantos suspiros arrancaba entre las compañeras. Pero el hombre que tenía enfrente tampoco era el mismo del que se despidiera con un abrazo aquel martes 11 de septiembre del 73.

—Putas que estamos viejos, Lolo —saludó Salinas.

—Y tú con esa barba de Santa Claus —respondió Garmendia, y los dos hombres se fundieron en un abrazo.

Si la vida tuvo un guionista, éste debió disponer que los encuentros se dieran sin cambios perceptibles, para que así, como dice el poeta Juan Gelman, *los años envejezcan conmigo,* y no llenos de dudas que la razón se niega a aceptar de buenas a primeras y culpa a los inocentes ojos de la verdad que tiene enfrente. Esos dos hombres que se palmoteaban la espalda fueron amigos, integraron la misma barra adicta al fútbol, política y asados los fines de semana. Tuvieron planes para prolongar la amistad y conservarla inmune al paso de los años, y fueron compañeros, cómplices en el esfuerzo por hacer del país un lugar si no mejor, por lo menos no tan aburrido, hasta que llegó esa mañana lluviosa de septiembre y a partir del mediodía los relojes empezaron a marcar horas desconocidas, horas de desconfianza, horas en que las amistades se desvanecían, desaparecían y de ellas no quedaba más que el aterrorizado llanto de las viudas o las madres.

La vida se llenó de agujeros negros y estaban en cualquier parte, alguien entraba a la estación del metro y no salía jamás, alguien subía a un taxi y no llegaba a su casa, alguien decía luz y se lo tragaban las sombras.

Muchos hombres y mujeres que se conocían se negaron a sí mismos en una epidemia de amnesia necesaria y salvadora. No, no conozco a esos tipos que llevan tirados en un camión. No, nunca he visto a esa mujer que espera en la esquina.

El olvido fue una necesidad urgente, hay que cambiar de acera y evitar encuentros, hay que girar rápidamente y deshacer los pasos. Y todo lo que estuvo cargado de futuro, de pronto estuvo emponzoñado de pasado.

—Un abrazo que dura más de un minuto ya es mariconeo —dijo Arancibia, y entregó un vaso de vino al recién llegado.

—Te dije que nada de alcohol —indicó Garmendia, aceptando el vaso.

—Lo traje yo, esos pollos de mierda no se pueden bajar con agua. Salud —precisó Salinas.

Bebieron en silencio mientras la lluvia azotaba la techumbre.

Lucho Arancibia estaba ahí porque todavía era dueño del galpón, y porque tras muchos días de charla con Lolo

Garmendia éste lo había convencido de lo que ya sabía. No existía la justicia y solamente los cretinos o los cobardes podían confiar en que alguna vez el pañuelo paternal del Estado les secaría las lágrimas lloradas o contenidas por más de treinta años.

Cacho Salinas, por su lado, estaba ahí en primer lugar porque el inesperado y casual contacto con Garmendia lo había alejado de la soledad, del vagar como un zombi por las calles de Santiago o detenerse frente a un locutorio ya sin fuerzas para marcar el prefijo de Francia, el número de un teléfono dispuesto sobre una mesa desconocida, en una casa ajena y —si había suerte y Matilde respondía— oír las mismas palabras de hielo aconsejándole que arreglara su vida, y que por favor entendiera que ella tenía una nueva pareja. Hasta el contacto con Garmendia solía visitar los locutorios y cibercafés para chatear unos minutos con el hijo que le mandaba palabras sin acentos desde Bruselas y lo invitaba a conocer al nieto nacido hacía dos años.

Una tarde, mientras buscaba la edición virtual de *Le Monde,* entró por error en una página de anuncios, y entre el magma de ofertas para todos los sexos y posturas encontró un aviso que le hizo estremecer.

«ELN. Columna Vizcachas. Contacta». A continuación se leía la dirección de un foro social que abrió tras registrarse y lo que leyó lo dejó aún más estupefacto: «Si eras eleno de la columna Vizcachas responde. *Black panther*».

Le alegró saber que Lolo Garmendia seguía vivo. Habían salido juntos de las Juventudes Comunistas para integrarse en las filas socialistas, y al poco tiempo militaban en la fracción más fuerte del partido, el Ejército de Liberación Nacional, una tendencia internacionalista que también consideraba la lucha armada como una posibilidad para la toma del poder pero que reconocía la peculiaridad chilena, un país pacífico en un continente que hedía a pólvora. El ELN chileno había nacido para apoyar la lucha iniciada por el Che Guevara en Bolivia.

Frente al ordenador del cibercafé dejó que por el monitor pasaran imágenes que sólo él vio en ese momento, y en ellas estaba con Garmendia bajo su melena de Jimi Hendrix recibiendo la noticia de la muerte del periodista Elmo Catalán en las montañas de Bolivia, del oficial de carabineros Tirso Molina o del campeón de box Agustín Carrillo, chilenos, elenos muertos en la guerrilla boliviana. También se vio al lado de Garmendia defendiendo las instalaciones que daban agua potable a Santiago cuando los fascistas de Patria y Libertad intentaron volarlas, y durante la mañana del 11 de septiembre del 73, junto a otros elenos, abriéndose paso a tiros para llegar hasta el palacio de La Moneda. Ahí resistía Allende junto a los elenos del GAP, la escolta del presidente, más un puñado de detectives leales.

No consiguieron llegar sino hasta unas diez cuadras de La Moneda. Iban a una cita con la muerte, pero la parca estaba demasiado ocupada y no les prestó atención.

Más tarde, con los meses y los años, supieron que Allende y los elenos del GAP lucharon hasta agotar el parque. Enfrentados a un enemigo superior en hombres mejor armados en proporción de cien a uno, les causaron numerosas bajas, y los dos únicos muertos entre los defensores de La Moneda fueron Augusto Olivares, periodista y el mejor amigo de Allende, y el mismo presidente. Ambos se suicidaron.

Obedeciendo las últimas instrucciones de Allende, los elenos del GAP se rindieron y, desarmados, fueron entregados al placer torturador de los oficiales y soldados del ejército chileno. Con ellos no hubo Convención de Ginebra. Nunca un ejército se deshonró de esa manera.

Salinas respondió, dejó el número de teléfono de la pensión donde vivía y esperó a que lo llamara. Al tercer día regresó al cibercafé, buscó nuevamente el anuncio y se encontró con un texto muy breve: «Nada de teléfono, más abajo está mi e-mail, abre una cuenta hotmail con tu chapa de los viejos tiempos».

—Yo te hacía en algún país de Sudamérica, o del Caribe. Nunca olvidé que al hablar del futuro siempre decías que te veías en un lugar con playa, bebiendo, pescando, comiendo, jodiendo y fumando, tus gerundios, así que al leer tu respuesta me asombré —dijo Garmendia.

—Algo de eso hice, pero a la chilena, un poquito de todo. De ti no supe nunca nada, aunque me descolgué de la militancia en los años ochenta. ¿Qué pasó después de despedirnos? —consultó Salinas.

—Me quedé en Santiago, lo pasé mal, las casas de seguridad cayeron una tras otra y finalmente me salvó la familia de Lucho. Gente buena, valiente. Aunque los dos hermanos de Lucho estaban presos, me acogieron y escondieron hasta que pude salir del país. En el exilio me enteré de que a los dos los asesinaron.

—Lo siento, Lucho, no lo sabía —indicó Salinas.

—Como dijo el camarada Lenin, los hombres no podemos corregir los hechos del pasado, pero sí anticipar los hechos del futuro —agregó Arancibia, y sirvió más vino.

Garmendia bebió un sorbito, propuso echar unos palos más al fuego y a continuación narró su llegada a Buenos Aires en medio de los tiroteos entre Montoneros, Ejército Revolucionario del Pueblo, Triple A y comandos de la represión argentina. «Un baile difícil —indicó—, uno no sabía con quién bailar y la música era más bien triste».

—Ahí empezó a quedarse pelado. Con esa melena de león era un blanco perfecto —comentó Arancibia.

—No es cierto. Y si quieren saber cuándo empecé a perder el pelo, bien, escuchen esto: de Argentina, por culpa de un hijo de la grandísima puta funcionario del Alto Comisionado para los Refugiados, me mandaron a Rumania, al país de los Cárpatos donde mandaba el camarada Nicolae Ceaucescu, el titán de los titanes, y su esposa Elena, la hada de las hadas.

»Para un exiliado, el socialismo rumano era el paraíso, pero el paraíso tal como nos lo habían enseñado los curas en Chile, un lugar al que llegas, te sientas en una nube a tocar el arpa y así sigues por toda la eternidad. Eso hice. Llegué, me quitaron todos los documentos por razones de seguridad y me asignaron a un ángel de la guarda bajito, con bigotes gruesos y cuya alimentación se basaba en ajos. Se llamaba Constantinescu, un funcionario de la Securitate con la misión de acompañarme las veinticuatro horas y de informar de todo lo que hacía, pero literalmente de todo. Lo primero que veía al despertar era al camarada Constantinescu; mientras me lavaba los dientes el camarada revisaba la almohada, el colchón, las mantas, en busca de algo que ni él mismo sabía; enseguida me correspondía estudiar las obras del camarada Nicolae hasta el mediodía, por la tarde continuaba con lecturas de las obras de la camarada Elena, filósofa, economista, astróloga y obstetra, todo al mismo tiempo. Los domingos, para felicidad de todos, había que asistir al teatro a escuchar poemas del camarada Nicolae sobre el camarada Nicolae, o ver una obra que contaba algún acto heroico del titán de los titanes, vencedor de todas las guerras, estratega infalible y mariscal benemérito.

»Si no lloraba suficientemente con los padecimientos del camarada Nicolae, el camarada Constantinescu hacía anotaciones en una libretita y me miraba como diciendo: te pillé, cabrón. Si no aplaudía hasta que dolieran las manos tras escuchar un poema de la camarada Elena, lo mismo.

»No recuerdo exactamente cuándo fue, pero sí que era una obra teatral exaltadora del amor maternal de Elena Ceaucescu, madre de todos los rumanos y virgen de las vírgenes, que me llevé por primera vez una mano a la cabeza y la retiré llena de pelos.

»El camarada Constantinescu tomó nota del hecho, me quitó el puñado de pelos y los guardó en una bolsita de plástico con el sello inconfundible de la Securitate. Estaba tan acostumbrado a su presencia que no le di importancia al hecho, mas a la salida del teatro no lo vi. Me preocupó, lo busqué, cuatro años crean costumbre y tu espía es tu hermanito del alma, hasta lo llamé a gritos en esa Bucarest desolada y fría de mediados de los ochenta. Mi ángel custodio había desaparecido, así que entré, empecé a caminar y en las cercanías de Gara Nord sentí deseos de comer algo, y digo algo que para cualquiera podría ser un churrasco, un lomito, una hamburguesa, mas estaba en Rumania, compañeros, y ya en ese tiempo el *Conducatore* había decidido exportar todos los productos agrícolas, condenando a los que vivíamos en el paraíso socialista a morfar *bazofia,* un embutido que se fabricaba aprovechando toda la casquería y las tripas de los animales. Olía y sabía a mierda, pero ni aun así conseguí que me vendieran unas lonjas, porque la cartilla de racionamiento que hacía de todos felices e iguales según el diseño del titán de los titanes solamente me servía en mi barrio.

»Regresé a mi hogar del colectivo residencial de camaradas perseguidos en Asia, África y América Latina y ahí estaba Constantinescu, furioso porque no lo había esperado a la salida del teatro. Entonces me llevé la mano a la cabeza por segunda vez, y una vez más el camarada Constantinescu metió mis pelos en una bolsita. Para mi asombro, a la mañana siguiente me dejó solo, entendí que debía racionar mis arrancadas de cabello y, así, fui preparando la fuga.

»Durante años viví con un deseo obsesivo: regresar a Bucarest y buscar mi acta en los archivos de la Securitate. ¿Qué demonios hicieron con mis pelos? Termino: un día, ya casi tan pelado como me ven ahora, aprovechando la ausencia del camarada Constantinescu, caminé hasta una vía de ferrocarril y trepé a un tren cargado de remolachas que se dirigía al oeste. Me dormí entre las remolachas y al despertar estaba en Yugoslavia. Unos milicianos me bajaron del tren; yo no hablaba una sola palabra de serbio, pero entendieron que no era rumano y, tras repetir varias veces la palabra Chile, terminé llorando a gritos al tiempo que devoraba platos de *sarma,* una especie de paella bestial que aprovecha desde las costillas hasta el alma del cerdo, y los vasos de *slibowitz* que me renovaban con generosidad los milicianos yugoslavos hicieron de mí el pelado más feliz de la Tierra.

—Estabas en la patria del Mariscal Tito, el único partisano antifascista que llegó a ser jefe de Estado. Espero que te hayas sentido orgulloso —dijo Arancibia.

—Me sentía hambriento y occidental. Además, querido Lucho, hubo otro partisano que llegó a ser jefe de Estado: Willy Brandt, pero él no hizo tanto escándalo. Mejor pásame un muslito de pollo —sugirió Garmendia.

Los tres hombres se acercaron al mesón de tablones, e incluso Salinas tomó una porción de pechuga. No sabían mal esos pollos, la magia del condimento los despojaba de la triste condición de pajarracos insulsos.

Comieron, bebieron, hablaron de sus vidas bajo el repiquetear de la lluvia, que no daba indicios de parar. Sin decirlo, los tres se sentían bien ahí, cerca del fuego. Hablaban, recuperaban la perdida costumbre nacional de «conversar un vinito», se miraban sin ningún recelo, pues más gordos o más flacos, calvos o con la barba encanecida, tenían la certidumbre de que todavía hay ciertos tigres a los que no les importa tener una raya más o una raya menos. Hasta la historia de Lucho Arancibia, con dos hermanos tragados por la noche de horror dictatorial, su pasada por el chupadero de la calle Londres y más tarde el campo de concentración de Puchuncaví, del que salió, según él mismo, con un plomo fundido, era una conversación más entre chilenos, entre sudamericanos, entre habitantes del mismo jodido sur del mundo.

—Lolo, ¿a quién diablos estamos esperando? —preguntó Salinas.

—Al especialista, te lo he repetido varias veces —indicó Arancibia.

—¿De qué se trata, Lolo? —insistió Salinas.

—Es muy simple: vamos a asaltar un banco —contestó Garmendia, y los tres hombres se quedaron en silencio con los ojos puestos en el fuego.

nueve

Concepción García se sirvió la quinta copa de aguardiente y balbuceó algo de salir al balconcito, porque el piso de la Jakobstrasse tenía uno, y en ese breve espacio adornado con macetas ella solía leer el *Tageszeitung* para decidir a qué concierto, cine o exposición iría al día siguiente. El cónyuge la miró perplejo.

—¿Qué balconcito? Concha, ya no vivimos en Berlín, estamos en Santiago y aquí no tenemos ningún balconcito. Lo que debes hacer es conservar la calma y oír lo que te digo.

Aravena volvió entonces a explicarle que los policías siempre acuden de a dos, pues eso les permite el juego de poli malo y poli bueno. Llegarían, pues, en pareja, e impondrían interrogarlos por separado. Ahí entraba en acción esa faldita corta que todavía conservaba, y nada de pantys o ropa interior debajo. Era evidente que ella no era Sharon Stone, pero ninguno de los policías sería Michael Douglas, así que el truco de cruzar lentamente las piernas también en este caso despertaría el *Instinto básico* de los polis. Todo dependía de su poder de seducción.

Aravena interrumpió su clase de comportamiento testimonial y miró el delgado hilito de saliva que asomaba por la boca de la mujer. Se había dormido en el sofá.

—Concha, te zampaste media botella de aguardiente —musitó Aravena, y tras remecerla supo que esa curda sólo se quitaba con sueño.

Todo quedaba en sus manos y tenía que preparar un discurso convincente, un *alibi* satisfactorio e incontestable.

«De tal manera, señor detective, que las cosas fueron así: yo salía del edificio camino al videoclub, con la intención de alquilar *La leyenda de la ciudad sin nombre,* porque soy un forofo de los clásicos del oeste y Lee Marvin hace un papelazo en esa película. De pronto vi que un auto se detenía, era un Chrysler enorme, negro, con los vidrios polarizados de tal manera que no pude ver a los ocupantes. Tiraron al señor a la calle y se dieron a la fuga. Yo vacilé entre seguir al vehículo o socorrer al señor, que tenía una herida en la cabeza y perdía sangre, pero ya no había nada que hacer. No. No pude ver la matrícula, imagínese, con esta lluvia no es posible ver nada...».

No, Coco, ésta no se la tragan. Estás describiendo un vehículo del FBI o de los *yakuzas.* No abundan en Chile las camionetas así, Coco, piensa en una chiva.

Una chiva, eso es. La chiva es un animal cuadrúpedo en todo el mundo menos en Chile. La chiva, en Escandinavia o Australia, es un bicho terco, obstinado, impermeable a la discrepancia. Así es en cualquier granja neozelandesa, prado asturiano, isla del Caribe, menos en Chile, porque en esta larga franja de tierra que vista desde el ojo de *Google* parece ser un retazo del continente, un pedazo que sobró y que muy pronto será recortado a tijeretazos por el gran sastre del mar, una chiva es la prueba máxima de ingenio malicioso, resume toda la nefasta picaresca española, la peor de las herencias. Una chiva es una mentira contundente, bien hilvanada y mejor que la realidad a suplantar. Por ahí va la cosa, Coco.

«La verdad de la milanesa, señor detective, es que salí de casa con dos ideas fijas en la mente: la primera, comprar un *tetrabrick* de vino tinto para preparar un navegado, usted sabe qué bien cae un vinito hervido con naranjas y canela en una tarde de lluvia, claro que debe ser un vino baratija, nadie tira una botella de Concha y Toro a la olla. La segunda idea era pasar por el videoclub y ver si les había llegado *Los siete samuráis,* ese clásico del cine nipón. Me encanta Toshiro Mifune interpretando a ese samurái despelotado, tanto que los otros seis samuráis no lo toman en serio. En eso estaba, decidiendo si iba primero al boliche de vinos o al videoclub, cuando de repente ese señor se aferra a mí, me pide ayuda, y en ese momento me di cuenta de que dos tipos muy altos, fornidos, rubios pero enmascarados, se acercaban a toda carrera y con gestos amenazadores. Enmascarados, sí, con máscaras de Halloween, usted me entiende, calabazas sonrientes y cosas así. Todo ocurrió muy rápido. Yo, que practico taekwondo, me puse en posición de ataque y defensa simultánea, pero no logré evitar que uno de los eslavos, sí, eran eslavos, se trataban de *tovarich* entre ellos, le diera un golpe con la empuñadura de una pistola al pobre señor. Era una Glock, indudablemente, esas armas austriacas son inconfundibles. Así que, al ver cómo el señor caía, asumí la posición de ataque más agresiva, los tipos advirtieron al oponente avezado en las artes marciales y huyeron hasta un vehículo que los esperaba a corta distancia con las puertas abiertas. Era un Land Rover y llevaba las matrículas cubiertas de lodo. Pobre señor. Antes de morir me miró a los ojos y dijo que ése era el comienzo de una larga amistad. Estoy conmocionado...».

No, Coco, ésta sí que no se la tragan. Olvida *Casablanca* y el taekwondo. El tipo murió piola, no dijo ni pío. Ponte serio, Coco.

«Todo sucedió muy rápido, señor detective, de tal manera que mi testimonio es susceptible de tener ciertas lagunas, o piezas que no encajan, como tan simpáticamente dicen ustedes en su jerga profesional. Ateniéndome con fidelidad a los hechos, las cosas sucedieron aproximadamente así: yo estaba cerrando la puerta de la calle con doble llave, porque últimamente ha habido bastantes robos en el barrio, e iba al videoclub con la intención de alquilar *Titanic,* y no es que me agrade particularmente Leonardo di Caprio, no, lo encuentro poco creíble con esa cara de niño que todavía se mea en los fundillos. Lo que me gusta es la historia de amor que hay en esa película, el artista pobre y la muchacha millonaria que se enamora locamente de él. En el fondo, es una versión más del viejo drama shakespeariano, ¿pero qué son los clásicos de la pantalla grande sino versiones recreadas de los antiguos dramas? Pero esto no es más que una digresión ilustrativa de mi estado de ánimo del momento en que sucedió la tragedia. Estaba guardando el llavero en el bolsillo cuando un auto lujoso, un Mercedes negro de aspecto siniestro, se detuvo a pocos metros de donde me encontraba. De pronto, se abrió una puerta y el pobre señor se dejó caer a la acera. Evidentemente, huía presa de una enorme angustia, musitó unas palabras que no conseguí entender por el ruido de la lluvia, tal vez una dramática llamada de socorro y, a continuación, sin que mediara un par de segundos, un hombre alto y corpulento bajó del auto. Era negro, posiblemente un africano de Kenia, inconfundible, ya sabe que no se ven muchos africanos por este barrio. La lluvia hacía que su pigmentación negra brillara de una manera aterradora, sí, confieso que tuve miedo, soy un hombre pacífico. El africano, que pensándolo bien, si no era keniata era zulú, por los pasos largos que dio hasta acercarse al desdichado señor. Cuando estuvo junto a él noté que llevaba un maletín, uno de los típicos maletines ejecutivos utilizados por los mafiosos para transportar los sobornos o el botín de los secuestros. No estoy seguro, pero creo haberle ordenado que dejara en paz al caído, mas el negro me echó a un lado con prepotencia; a decir verdad, me dio un tremendo empujón que casi me hizo perder el equilibrio y, aprovechando mi confusión, propinó un golpe de maletín atroz al pobre señor. La víctima de semejante agresión se derrumbó fulminada en el acto. Con el golpe, el maletín se abrió y cayeron tres pesados objetos que reconocí de inmediato: tres lingotes de oro con la cruz gamada muy notoriamente grabada en sobrerrelieve. Yo reaccioné con la indignación de cualquier hombre sensato, propiné un par de patadas al negro que recogía los lingotes y supongo que le causé bastante daño, pues renqueó hasta el auto entre salvajes aullidos de dolor...».

No, Coco, en serio. No.

Coco Aravena se rascó la cabeza, maldijo su imaginación de guionista absoluto, miró a la mujer que seguía dormida y fue hasta el dormitorio. Ahí levantó el colchón y sacó el pesado revólver. Con el arma en las manos meditó en voz baja.

—Vamos a ver las cosas con calma: en realidad, nadie vio lo que pasó y tarde o temprano pillarán a los cacos que le robaron los zapatos. Unas cachetaditas en algún sótano y ellos cargarán con el muerto. Ese tipo no era poli. Los polis llevan placa, un poli sin placa está desnudo, o lo que es peor, es como un eunuco. ¿Qué tenemos entonces? Un hombre con una pistola y sin señas de identidad. ¿Un gánster? No encaja, ningún gánster va solo por la vida y sin munición de repuesto. ¿Un *killer*? Tampoco. Un asesino a sueldo se mueve en coches discretos, jamás a pie. ¿Qué nos queda? La cara sucia del poder. El muerto trabajaba para algún servicio secreto, a lo mejor era un espía argentino, boliviano, peruano, hay varios países que tienen broncas añejas con Chile. Y además está este número de teléfono.

Coco Aravena tomó el teléfono de la mesilla, discó y, cubriéndose la boca con la mano libre, esperó.

—Estamos listos —dijo una voz de hombre.

—Bien —respondió Aravena.

—Anote la dirección —dijo la voz.

Coco Aravena escribió en la palma de su mano.

—Ah, sobre el portón hay un letrero que pone Garaje Arancibia —dijo la voz, y antes de cortar Aravena escuchó que otro hombre decía: «Pregúntale si le gustan los pollos».

diez

Concepción García tenía la boca seca y el paladar medio adormecido por el aguardiente. Suspiraba por un vaso grande de *Schorle,* esa mezcla dichosa de cerveza y limonada que sentaba tan bien para apagar las resacas.

El aroma del café recién hecho consiguió reanimarla un poco, y recién entonces advirtió que la muchacha ataviada con un chaleco azul oscuro en cuya espalda se leía la palabra INVESTIGACIONES era real, como también lo era el hombre que, con expresión divertida, la observaba sentado al otro extremo de la mesa.

—¿Cómo se siente, señora? —preguntó el hombre.

La mujer bebió un sorbo de café y quiso saber de su marido.

—No sabemos dónde está. Llamamos, usted nos abrió la puerta, nos ofreció un trago y luego cayó como un saco de papas, si me permite la expresión. La detective Bobadilla consiguió reanimarla. Soy el inspector Manuel Crespo y debo hacerle varias preguntas.

La mujer recordó algo sobre policías buenos y malos que había mencionado el cónyuge.

—Pregunte, pues.

—Hace un par de horas usted y su esposo se acercaron a la comisaría de carabineros y denunciaron un robo de electrodomésticos. ¿Qué objetos robaron los cacos?

—Es mi marido el que sabe, él hizo la lista.

—Y mucho me temo que usted ignora el paradero de su esposo. Señora, a simple vista puedo ver una cafetera eléctrica, una tostadora, un microondas, un televisor y un reproductor de videos, que son las cosas que normalmente roban los cacos. Repito: ¿qué robaron?

—*Scheisse* —murmuró la mujer.

—Mierda, en alemán. No, señora, los cacos no roban mierda —apuntó el inspector.

La mujer apoyó los codos en la mesa y se llevó las manos a la cabeza. Cerró los ojos con fuerza, ese maldito truco tenía que resultar alguna vez y hacerla desaparecer. Sintió la mano de la detective en un hombro, la remecía con suavidad, sin apretarla.

—¿Qué ocurrió en la calle? —consultó la detective.

Concepción García abrió los ojos, miró la oscura superficie del café, se vio en una marcha junto a miles de personas que coreaban consignas pletóricas de confianza, vio las banderas rojas del partido comunista, las banderas rojas socialistas, las rojinegras del movimiento de izquierda revolucionaria y, muy atrás, casi al final de la marcha, a un joven cargando una descomunal pancarta con la imagen de un gordito risueño desconocido para ella. Se vio a sí misma acercándose y escuchó el eco de su ingenuidad preguntando quién era el gordito. «Es el presidente Mao, el Gran Timonel», había respondido el joven, y a continuación se presentó como Jorge, Coco para las amigas, y la invitó a un reconfortante vaso de mote con huesillos al final de la manifestación. Se vio cautivada por ese tipo que estaba contra todo y para el que esos cien mil que marchaban no eran más que equivocados títeres del socialimperialismo soviético, pequeñoburgueses esencialmente contrarrevolucionarios o lumpen proletarial. Un tipo capaz de soltar insultos tan desacostumbrados cautivaba, y ella, obrera de la textil Vestex, sintió que era un sujeto divertido.

Por la pantalla oscura del café pasó rauda la vida, el breve romance, el matrimonio, la decepción de la familia al verla casada con un chato que se resistió a la boda católica argumentando que la religión era el opio del pueblo y que convirtió la ceremonia de por sí adusta del registro civil en una suerte de festividad entre *amish* y congresos de ascensoristas, porque llevó a sus testigos vestidos rigurosamente iguales, con unas chaquetas cerradas hasta el cuello y el misal rojo del *Tratamiento correcto de las contradicciones en el seno del pueblo* pegado a los pechos como una teta roja. Pero también pasó la esperanza de que algún día Coco dejara de ser un energúmeno, sobre todo cuando a las insinuaciones respecto a que se buscara un trabajo, respondía blandiendo un cuadernillo rojo con tapas de plástico que de lejos se veía como un librito de primera comunión, aunque el título indicara que eran las *Cinco tesis contra el liberalismo*. Por la taza del café pasaron una a una sus compañeras de la textil, implacables en los argumentos del tenor: «¿De dónde sacaste a ese pro chino de mierda?», «qué cuadro político ni gato muerto, alergia al trabajo es lo que tiene», «yo que tú hace tiempo que le habría dado una patada en el culo».

El café se espesó en la taza cuando las imágenes del golpe de Estado dejaron paso a un Coco Aravena empeñado en justificar al gobierno chino, que cerró a cal y canto las puertas de su embajada para que ningún chileno buscara asilo tras los muros de la casa del Gran Timonel. Por la taza pasaron muertos flotando en las aguas más densas y oscuras del río Mapocho, cadáveres de dirigentes sindicales de la textil acribillados en las mismas puertas de la fábrica en horas de toque de queda, hasta que el rostro desdentado de una vecina le avisó que fuera corriendo a su casa pues el marido la llamaba por teléfono. «Estoy en la embajada alemana, ya no resisto la represión», fue lo que dijo el cónyuge, a lo que ella contestó con un «Por Dios, Coco, si a ti no te persigue nadie». Y finalmente vio con toda nitidez su lejano departamento de Kreuzberg, en un Berlín definitivamente perdido.

—Yo lo maté —dijo Concepción García.

La detective Adela Bobadilla y el inspector Crespo se miraron, ambos sabían que la confesión de un crimen por el que no habían consultado carecía de credibilidad, y más todavía si venía de boca de una mujer despertada en lo mejor de la curda.

—Tómese el café, señora. Si quiere se lo caliento un poco —propuso la detective, pero la mujer alejó la taza.

—No, terminemos con esto cuanto antes. Yo lo maté. Pónganme las esposas.

—Señora, vamos por partes. ¿A quién demonios mató? —preguntó el inspector.

Entonces Concepción García hizo una descripción bastante coherente y pormenorizada de una vida frustrada por las deudas, por la ausencia de esperanzas y por la indolencia de un esposo que —según entendieron los dos policías— pasó de un radicalismo político extinguido en los años ochenta a una vida entregada al séptimo arte en condición de espectador doméstico.

A medida que avanzaba en su relato, la mujer se iba serenando, y así los llevó al dormitorio para que vieran la ventana de vidrios rotos, cubierta por una manta que ya empezaba a gotear, de ahí al mueble del que había sacado los objetos lanzados a la calle.

—Sé que ya no sirve de nada, pero fue sin querer. Nunca hice daño a nadie y ahora soy una asesina —fue lo último que dijo.

—Tomaría con mucho gusto un cafecito —sugirió el inspector, y sintió deseos de hablar de la lluvia, porque llueve para eso, para decir antes sí que llovía, ¿se acuerdan de los temporales del 62?, pero prefirió echar dos cucharadas de azúcar, revolver con movimientos lentos y pensar qué fácil es cruzar la línea entre la vida y la muerte. A su memoria llegó un hecho aparentemente motivado por el descuido y que segó dos vidas. Un conductor viró a la izquierda en una calle y se encontró de pronto con una camioneta que venía, según él, a contramano. El impacto había sido leve, y sin embargo bastó para que una chispa fuese a dar al tanque de gasolina cerrado con un tapón de trapos. La explosión y el incendio mataron a los dos ocupantes de la camioneta: el conductor del vehículo causante de la tragedia huyó, pero a las pocas horas se entregó.

Era un retornado del exilio, un hombre que había vivido quince años en Praga, y en su defensa alegaba que los hechos habían ocurrido en su barrio, que toda la vida esa calle iba de norte a sur, que no sabía cuándo había cambiado de sentido. Los que volvían del exilio andaban desorientados, la ciudad no era la misma, buscaban sus bares y encontraban tiendas de chinos, en su farmacia de la infancia había un *topless,* la vieja escuela era ahora un negocio de autos, el cine del barrio un templo de los hermanos pentecostales. Sin avisarles, les habían cambiado el país.

—Usted no es una asesina. Fue un hecho casual, muy imprudente, desde luego, aunque si nos ha dicho toda la verdad, y le creemos, estaba cegada por la bronca —dijo el inspector.

—Pero van a detenerme, ¿verdad? —preguntó la mujer.

—No. ¿Qué ganaríamos con eso? Además, sigue lloviendo a chuzos. Usted se quedará aquí, muy tranquila, y mañana a las ocho de la mañana se presenta en el Cuartel de Investigaciones. Lleve unas mudas de ropa, útiles de aseo, algún libro, porque la vamos a detener tal vez bajo la acusación de imprudencia temeraria con resultado de muerte. Tendrá que pasar unos días detenida hasta que el juzgado fije la fianza. Y ahora debemos hablar con su marido.

Concepción García ignoraba el paradero del cónyuge. Citó los dos lugares que frecuentaba, el videoclub y el cibercafé del centro comercial, que, a esas horas de la noche, ya estaban cerrados.

Los policías hicieron amago de retirarse, y en ese momento se vio a sí misma asomada por la ventana rota mientras el cónyuge examinaba al muerto. Regresó al dormitorio y levantó el colchón.

—Hay algo que no dije: el muertito tenía un arma de fuego, mi marido la guardó aquí y no está.

Adelita Bobadilla recordó el primer día de trabajo junto al inspector Crespo. Mientras la instruía en asuntos generales le mencionó que él trabajaba con calma, que su único método era la calma pues de esa manera no lo inmovilizaban los imponderables. Y no existía ninguna investigación a salvo de los imponderables.

—Señora, ¿tiene teléfono en casa? —consultó.

La mujer asintió con un movimiento de cabeza y Adelita le anotó su número de celular.

Antes de poner en marcha la patrullera dejó que el inspector se relajara. Seguía diluviando sobre Santiago, los relámpagos rasgaban la noche y el timbal de los truenos remecía los faroles del alumbrado público.

—La primera pregunta es: ¿qué hacía Pedrito con ese cañón? La segunda es: ¿qué hace ahora nuestro esposo extraviado con el arma? Una vez leí una estupenda novela policíaca de Chester Himes titulada *Un ciego con una pistola,* y me gustó tanto que la releí varias veces. Confiemos en que Esposo Armado no la supere —murmuró el inspector.

—¿Cuál es el siguiente paso? —consultó la detective.

—Vamos a buscar hombres con cara de casados.

once

Mensaje de gerundio@hotmail.com a
blackpanther@hotmail.com

Me alegra saber de ti, yo retornado hace poco menos de medio año y como ves saqué una cuenta hotmail que no debo dar a nadie. Descuida, no me sobran los conocidos. ¿De qué se trata? Me parece muy misterioso todo esto. Y por favor no me escribas con gramática de jovencito analfabestia. Quiero es con q y no con k, y también se escribe con todas sus letras.

Mensaje de blackpanther@hotmail.com a
gerundio@hotmail.com

También me alegra saber que estás vivo. El inventario de conocidos tiene muchas cruces. Cuéntame cómo te va en los planos a: sentimental, b: económico, y c: ¿piensas quedarte en el país? De tus respuestas depende que te diga finalmente de qué se trata. Siguiendo el mismo orden te informo que, a: me casé con una croata en el 86, la fiesta duró un niño y cuatro años, ahora estoy divorciado y buscando novia por Internet; b: jodido, pese a que heredé la casa de mis viejos y no tengo que pagar arriendo. Sin profesión y en la categoría senior el ambiente es bastante deprimente; c: siento que estoy de paso y quiero regresar a Europa.

Mensaje de gerundio@hotmail.com a
blackpanther@hotmail.com

a: situación similar pero mi parienta no era croata, me casé con mi novia de siempre, Matilde, tuvimos un hijo que me hizo abuelo y ella descubrió la pasión francesa. Desde el punto de vista de la razón pura, emocionalmente estoy como palo de gallinero: cagado. Explícame cómo es eso de buscar novia por Internet; b: soy periodista, o debo decir que era, pues hace mucho tiempo que no escribo una línea. Vivo en una pensión bastante potable y todos los días salgo a buscar algo sin saber qué mierda es lo que busco, y así es bien difícil que lo encuentre; c: no lo he pensado, aunque creo que me iría con gusto al norte, a vivir como abuelito hippy en San Pedro de Atacama. *Odio Santiago.*

Mensaje de blackpanther@hotmail.com a gerundio@hotmail.com

Respuestas satisfactorias. Recuerdo a Matilde, en la universidad estaba de mascarla, y eso de la pasión francesa, ¿cómo se interpreta? ¿Te dejó por un franchute? ¿El honor patrio ha sido mancillado? A mí me la jugó un bosnio. Me explico: la tragedia de los chilenos dejó de conmover cuando se acabó la dictadura y a partir de la guerra de los Balcanes los bosnios se convirtieron en los reyes del mambo. Lo de buscar novia por Internet es muy simple. Hay páginas como zapatitodecristal.com, buscas la web, te registras, redactas un aviso del tenor «madurete romántico busca pareja», indicas tus preferencias y esperas. También puedes acortar camino y buscar entre los anuncios publicados. ¿Sabes chatear? Dos consejos: no creas todo lo que se ve, las fotos suelen ser de otras nenas veinte años más jóvenes y con notables diferencias entre la estatura y el peso real de las anunciadas. El otro consejo es: inventa un nick decente, hay tipos que se llaman «25cmjugosos» o «esmachodijolamatrona» y estoy seguro de que no se comen una rosca. Última pregunta: ¿qué opinas de Robin Hood?

Mensaje de gerundio@hotmail.com a
blackpanther@hotmail.com

Tu mensaje es confuso. Sinceramente, lamento lo del bosnio.
No sé si recuerdas que Matilde era de letras. La pasión francesa
tiene una viña en la Provenza, un departamento en la rive
gauche *parisina y es crítico literario. Sin comentarios. Seguí*
tus instrucciones y entré al foro de zapatitodecristal.com. Mi
nick es «gorditoromántico» y acorté camino. Estoy chateando
con una tal «almasolitaria» y la cosa promete. Sabe hacer hu-
mitas, pastel de choclos y una vez ganó el concurso de miss mon-
dongo. No sé qué pensar de Robin Hood, era inglés y la expe-
riencia histórica me indica que no hay ingleses de semejante
nobleza. Si les robaba a los ricos para dar a los pobres me
apunto a su causa, pero creo que nos tradujeron mal la historia
y el tipo se llamaba Hobin Rood, le robaba a los pobres para
dar a los ricos, que es una costumbre muy anglosajona. ¿De qué
va el misterio? Última cosa: miss mondongo propone que nos
mandemos fotos. Dime cómo se hace.

Mensaje de blackpanther@hotmail.com a
gerundio@hotmail.com

Robin Hood: érase una vez un bandido chilensis que robó a
los ricos con la mejor intención. Pero no tuvo tiempo de re-
partir el botín entre los pobres. Lo guardó en la cueva de Alí

Babá. El muchacho murió. Sé dónde está la cueva y nosotros somos pobres. Nosotros es igual a tres: tú, yo y ¿te acuerdas del diputado del engrudo? Simpática la miss mondongo. Para las fotos debes ir a un fotógrafo, que te haga un par de fotos buenas y te las entregue en un cedé. Luego lo metes en el ordenador y las mandas. Atento, si te pide fotos en bolas tendrías que agenciarte una cámara digital y tomarlas tú mismo. Pregunta: ¿irías a la cueva de Alí Babá?

Mensaje de gerundio@hotmail.com a blackpanther@hotmail.com
¿Tú mandas fotos en bolas? Miss mondongo quiere fotos de carné y ya estamos de acuerdo en varias cosas: a los dos nos gusta comer bien y beber moderadamente. Un paso es un paso. Es serio lo que planteas. Te invito a un vino en Las Tejas, si todavía existe el boliche, y hablamos cara a cara. El diputado del engrudo, ¿era ese muchacho del taller de reparaciones? Preparaba el mejor engrudo del mundo, sin grumos, cremoso y liviano. Daba gusto salir a pegar carteles cuando él hacía el engrudo. Veámonos mañana al mediodía.

Mensaje de blackpanther@hotmail.com a gerundio@hotmail.com
Negativo. Al tomar contacto te dije que nada de vernos hasta aclarar cierto detalle. Robin Hood era el detalle.

Como dijo Herminio Iglesias, el notable sindicalista argentino, lo haré conmigo o sinmigo, y mientras menos caras conozca, mejor. El tesoro de Robin Hood es color rana gorda. Todo discreto y superseguro. Además, contaremos con la colaboración de un especialista. No. No mando fotos en bolas, tu pregunta ofende. El diputado del engrudo también se acuerda de ti. Lo pasó mal pero sigue al pie del cañón. Pregunta: ¿te apuntas? Si decides no hacerlo, basta con que no respondas a este mensaje. Suerte con miss mondongo.

Mensaje de gerundio@hotmail.com a
blackpanther@hotmail.com
Ahora mencionas un especialista. ¿Quiere decir que la rana tiene cuatro patas? Acepto. No hay peor diligencia que la que no se hace. Miss mondongo también sabe de astrología, me hizo una carta astral y textualmente dice que me ve en compañía de tres caballeros compartiendo un momento de gloria. ¿Cuándo?

Mensaje de blackpanther@hotmail.com a
gerundio@hotmail.com
Contaba contigo. El especialista lo hace por motivaciones románticas y la rana tiene tres patas. Cada día me gusta más tu miss mondongo. ¿Recuerdas la dirección del taller? La cita es

mañana. Llega entre ocho y diez de la noche. Hazte cargo de la intendencia alimentaria. El diputado del engrudo puede que te sorprenda con alguna excentricidad. Los chicos malos le fundieron un plomo, pero lo considero mi huevo izquierdo y nos ofrece el taller. ¿Te mandó fotos miss mondongo?

Mensaje de gerundio@hotmail.com a blackpanther@hotmail.com
Ahí estaré. ¿Qué compro? Miss mondongo mandó tres fotos en bikini. Viva el barroco. Lo del plomo fundido, ¿es grave? Estoy entusiasmado; miss mondongo me ve muy cerca de las estrellas y en San Pedro de Atacama están los mayores observatorios astronómicos. Si la rana es gorda, ya me veo con ella (miss mondongo, no la rana) todo el día al sol en el valle de la luna.

Mensaje de blackpanther@hotmail.com a gerundio@hotmail.com
Lo del plomo fundido no es grave. Te espera. Síguele la corriente si se pone raro. Pregúntale a miss mondongo si no tiene una hermana o amiga parecida. Éste es nuestro último mensaje. Compra pollos. Muy cerca del taller está el Pollo de Urgencia.

doce

Coco Aravena maldijo no haber tomado el paraguas al salir de casa. Llovía de una manera desacostumbrada y hacía bastante frío. Cuando amaneciera, y si es que escampaba, la cordillera de los Andes nevada se vería radiante. Santiago sería la *ciudad acorralada por símbolos de invierno* que cantaba Silvio Rodríguez.

Caminó rápido por frente al portón, vio el antiguo letrero que ponía Garaje Arancibia sintiendo que el abrigo empapado se estiraba con el peso del revólver. Llegó hasta la esquina y ahí se guareció de la lluvia en el rellano de un portal. Encendió un cigarrillo y echó a andar la sesera.

«Lo más seguro es que sean del servicio secreto boliviano. ¿Cómo lo llamarán? Los yanquis se refieren a la CIA como La Compañía. ¿Qué les digo? Parece que fue un error llamarles, pues si son buenos ya habrán rastreado y dado con mi teléfono, esa gente tiene escáneres, captadores de ondas. La verdad. Mi verdad en todo caso: fui testigo de la muerte de su hombre y si sirve de algo puedo garantizarles que resistió las torturas sin delatar a nadie. Me pidió que devolviera la artillería, sí, él y yo nos conocíamos de otras misiones que por seguridad ustedes no deben saber. No vale la pena asomarse al abismo más allá del vértigo...».

No, Coco, ya estás de nuevo con tus historias.

«Putas que pesa el revólver. Pensándolo bien, es un fierro antiguo, y es raro que los agentes de un servicio secreto lleven armamento obsoleto. Un fierro así no tiene nada de sofisticado, es lento de recargar. No. No son espías bolivianos. ¡Qué huevón soy! Ese tipo era de La

Oficina y en el garaje debe de funcionar un cuartel de La Oficina. Por eso llevaba un revólver antiguo, de matar y tirar. Eso es. En este país no se pueden guardar secretos, no hay espacio, y todo el mundo sabe que ya en el primer gobierno democrático decidieron crear un organismo de seguridad paralelo, La Oficina, para asesinar a los últimos izquierdistas que todavía creían posible derrotar a la dictadura por la vía armada. Se inventaron una excusa en la que ni ellos mismos creyeron: dialogar desde posiciones de izquierda, sobre todo con el Frente Patriótico Manuel Rodríguez, los muchachos que no le dieron un día de paz a Pinochet, pero sabían que iban a liquidar a todos los que no aceptaran sus puntos de vista, a todo el que no entendiera que la transición chilena a la democracia se hacía bajo la máxima gatopardiana de que todo cambie para que todo siga igual. Algunos integrantes de La Oficina, incluso desde el exilio, se asociaron con torturadores y formaron empresas de seguridad. Ahora son ricos, tienen policías paralelas que cuidan bancos, edificios, las urbanizaciones seguras y lujosas de los valles cordilleranos en los que se respira aire fresco mientras Santiago se asfixia en *smog*. La Oficina. No puede tratarse de otra cosa. Sí, su hombre confió en mí siempre, fui la sombra de muchas acciones, el ayudista desconocido, la infraestructura que en más de una ocasión ha de haberles sorprendido. Recibió un encargo de importancia, muchachos, no se sientan mal. Sólo puedo confidenciarles que en este momento vuela a Namibia, hay un lío de diamantes de por medio. Me pidió devolverles esto y transmitirles un último mensaje: no vale la pena que intenten un contacto».

No está mal, Coco. No está mal.

Una nueva descarga eléctrica iluminó la calle, la tromba de agua azotó las aceras. Coco Aravena se detuvo frente al portón y llamó con los nudillos. Suponía que le abriría un encapuchado silencioso, y tal vez le pusieran una venda en los ojos antes de llevarlo ante los capos de La Oficina, pero Lucho Arancibia lo miró con los ojos desmesuradamente abiertos y luego lo agarró de las solapas.

Coco Aravena vio entonces a Lolo Garmendia, pelado pero reconocible pese a los treinta y tantos años sin verse. Junto a él estaba Cacho Salinas, más gordo, con la barba blanca y una expresión estupefacta, aunque no tan marcada como la del que le abrió la puerta y no le soltaba las solapas.

—¿Ustedes son La Oficina? —balbuceó tironeado por la mano firme de Arancibia.

—Y a ti, ¿quién te dio vela en este entierro? —preguntó Garmendia llevándose las manos a la calva.

trece

El inspector Crespo sintonizó Radio Cooperativa justo cuando el informativo del tiempo pronosticaba que el frente lluvioso continuaría las siguientes cuarenta y ocho horas. La Región Metropolitana estaba en alerta de inundaciones, por lo que aconsejaban no aproximarse a los bordes de los canales y anunciaban la suspensión de las clases para el día siguiente.

—Menos mal que alguien se beneficia de esto —murmuró.

—Llevamos más de una hora dando vueltas. ¿No tiene hambre, inspector? —consultó la detective.

Desde que dejaron a Concepción García se dedicaron a deambular a treinta kilómetros por hora. Las calles vacías bañadas por el persistente aguacero y el calorcito acogedor del patrullero invitaban a la modorra, pero aun así iban atentos. Habían detenido a tres hombres apresurados; uno fue descartado de inmediato por el inspector, aludiendo a su cara de soltero, detalle que la detective no entendió, y los otros dos dieron respuestas satisfactorias.

—Toma por Santa Rosa hacia el sur. ¿Conoces El Chancho Monono?

Era medianoche cuando entraron al viejo restaurante de la Gran Avenida. Unos pocos parroquianos cenaban mirando la televisión y ocuparon una mesa alejada del aparato.

—Inspector Crespo, qué honor —saludó el patrón.

—Ponnos dos pernilitos con guarnición de puré, ají que no falte, y algo de mostaza alemana —ordenó el inspector.

—Y el té, que esté bien caliente, por favor —pidió la detective.

El inspector se rascaba la barba de dos días. Era el gesto habitual que acompañaba sus reflexiones.

—No me gusta que ese sujeto ande vagando por ahí armado, y mucho menos me gusta que Pedrito haya salido con artillería. ¿Qué tramaba? ¿Adónde iba? ¿A qué?

—Me da la impresión de que lo conocía bien. Creo que le tenía bastante simpatía —comentó la detective.

—Era un lobo solitario, eso que ahora llaman un *outsider,* Adelita. Sus padres murieron en un accidente cuando tenía dos años y se crió con el abuelo, un anarquista, el mismo que junto a Buenaventura Durruti, Gregorio Jover y Francisco Ascaso asaltaron el Banco de Chile en 1925. El abuelo le inculcó la moral rigurosa de los anarquistas y lecciones de clandestinidad que nadie había recibido en Chile. Come, estos perniles son de cerdito recién destetado, come mientras te cuento cómo lo conocí.

La detective cortó un trozo de pernil, lo untó de mostaza y se lo llevó a la boca. Carne tierna, sabrosa, fragante a los apios y el laurel empleados en la cocción.

—El año 69 salí de la escuela de detectives y empecé a trabajar en la dirección general. En mayo del año siguiente, la infantería de marina atacó una supuesta escuela de guerrillas en el sur, en la región mapuche. El lugar se llamaba Chaihuín, un rincón perdido entre los montes, la niebla eterna, el frío y unos ríos que desembocan en el Pacífico. La marina no pintaba nada en eso, era un asunto policial, vivíamos en un estado de derecho, la policía dependía del Ministerio de Interior, pero los infantes de marina se pintaron los rostros y atacaron.

»Se trataba de un puñado de muchachos socialistas, la mayoría estudiantes universitarios, que se adiestraban en el uso de las armas y las técnicas guerrilleras. Hubo una balacera y todo pudo acabar con la rendición de los aprendices de guerrilleros, pero no fue así porque la infantería de marina tenía órdenes precisas de asesinar y hacer desaparecer a uno. Se llamaba Kiko Barraza, tenía un brillante futuro como cadete de la escuela naval, pero prefirió desertar y unirse a esa hipotética guerrilla. Era un desertor, Adelita, y la escuela naval chilena, formada en una ridícula disciplina inglesa, no perdona a los desertores. Y no se trataba solamente de la deserción. A la escuela naval solían ir los hijos de los ricachones, eran parte de una elite social, los llamados a surcar los mares del mundo en *La Esmeralda* y a vivir en un interminable *tour* con cargo al erario público. Muy rara vez se coló alguien de clase media, y mucho menos si no tenía ancestros marinos, no era rubio y de ojos azules. Por alguna extraña razón, Kiko Barraza entró a la escuela naval, destacó como marino, por su aspecto le apodaban *el Indio,* pero no le importó. Tenía músculos fuertes, medía más de un metro ochenta, era el primero en subir a las gavias y conocía el mar como a sus propias manos. Y además era poeta, la peor afrenta a la virilidad de los Nelson criollos. Lo hicieron desaparecer. Nunca más se supo de él, y dado que faltaban escasos cuatro meses para la elección presidencial, el caso se cerró sin la menor investigación para saber qué había ocurrido.

»A las dos semanas de los hechos y cuando nadie hablaba de eso, pues el fragor electoral lo ocupaba todo, Allende tenía muchas posibilidades de vencer y la derecha, además de histérica, se presentaba dividida, un día, a la salida del cuartel, se acercó un hombre y me dijo: «Oye, rati, quiero hablar contigo».

»Nunca lo olvido, pues a raíz de ese encuentro estuve a punto de dejar la policía. Mi cultura, Adelita, es de lector de novelas policiales en las que la ley gana, y si hay que violarla, es para que ganen los justos. Simulé no haber oído lo de rati, hoy a ningún detective le molesta que lo llamen así, y le pregunté qué quería. Deseaba saber quién llevaba la investigación sobre el desaparecimiento de Kiko Barraza y le contesté que nadie, pues órdenes de arriba habían cerrado el caso.

«Lo agarraron vivo y lo asesinaron», dijo mirándome fijamente a los ojos. Le pregunté cómo lo sabía y su respuesta fue de una naturalidad desconcertante: «Porque estaba con él y lo vi todo, tengo pruebas, testigos, puedo identificar a los oficiales que lo asesinaron. ¿Qué, rati? ¿Te la juegas?».

»Yo era un simple detective, inexperto, y se lo dije.

«O sea, que no puedes hacer nada. Mira, rati, pienso que no me crees. No importa, vamos a recuperar las armas que los asesinos de Kiko se llevaron y lo haremos de una manera espectacular. Si en este momento estás pensando en detenerme pierdes el tiempo, rati. Yo no dejo huellas y tú no tienes testigos de esta conversación. Y algo más, rati, los muchachos de Chaihuín querían aprender a luchar para ser libres y lo mismo hace toda esa gente que se la jugará para que gane Allende. Quieren ser libres. Yo soy diferente, rati. Yo lucho para no olvidar que soy un hombre libre».

»Como imaginarás, Adelita, no informé a ningún superior acerca de la charla mantenida con Pedrito. Me dediqué a pensar por qué me había elegido para solicitar ayuda y jamás di con una respuesta.

»Una semana más tarde, a las ocho de la mañana sonaron las alarmas. Se trataba de un robo espectacular a la Armería Italiana y acudimos con apoyo de un helicóptero, armados, equipados con chalecos antibalas, porque nadie sabía si los ladrones estaban todavía dentro de la armería. En la jerga de izquierda se le conoció como el Operativo Maravilloso. El robo fue cometido por un comando llamado Pedro Lenín Valenzuela, así se llamó un muchacho, casi un niño, que dos años antes había intentado secuestrar un avión de Lan Chile, en tierra, para llevarlo a Cuba. El chico murió acribillado en el avión; nadie intentó parlamentar, en nuestro oficio siempre han abundado los psicópatas de gatillo fácil.

»Entramos en la armería; lo único que encontramos fue una nota del comando, en ella decían que recuperaban las armas arrebatadas en Chaihuín y exigían justicia para Kiko Barraza. Y además encontramos a docenas de testigos que, con sus testimonios, aumentaban la espectacularidad del robo.

»Dos integrantes del comando se alojaron en una pensión vecina a la armería, reunieron a todos los huéspedes en una sala, abrieron la puerta para que entraran otros muchachos y se dividieron entre los que abrirían el boquete en la muralla para ingresar a la armería y los que atenderían a los huéspedes. Todo el mundo coincidió en que eran jóvenes, educados, simpáticos, y que en ningún momento se mostraron violentos. Entre los huéspedes había una pareja con un recién nacido que no paraba de llorar, lo que llamó la atención de uno de los muchachos, que se presentó como estudiante de medicina y pidió que le permitieran examinar a la cría. Diagnosticó una infección broncorespiratoria, se interesó por saber de dónde eran los padres, que resultaron ser de Lota y ese niño había respirado demasiado polvillo de carbón. Mediante un *walkie talkie* pidieron apoyo exterior para ir a una farmacia de urgencia a despachar la receta que el mismo estudiante de medicina escribió. Por alguna extraña razón, los *walkie talkies* usaban la frecuencia de las radios de los patrulleros, y varios colegas escucharon las instrucciones para preparar biberones. En ese robo participaron unos veinte o más muchachos, nunca se supo con certeza, y de lo poco que se ha ido conociendo se sabe, por ejemplo, que uno de nuestros escritores ilustres participó en apoyo desde el exterior, vigilando mientras pegaba carteles de pasta dental Odontine en los muros vecinos a la armería.

»El robo a la Armería Italiana fue espectacular y nosotros quedamos como reverendos huevones, Adelita. Nunca se pudo establecer cuántas y qué armas se llevaron, porque los dueños se negaron a entregar un inventario y a informar sobre la procedencia de las armas.

»Dos o tres días luego del robo volví a encontrarme con Pedrito. Me esperaba al otro lado del cuartel, sentado en las gradas de la cárcel. Desde ahí hizo señas para que me acercara.

«¿Y, rati?, ¿te la juegas o no?».

»No supe qué responder. Podía haberlo reducido, esposado, conducido a los sótanos en donde prestaba servicios un imbécil ex campeón de los pesos pesados, Arturo Godoy, obteniendo confesiones a golpes de puño. Pero ese hombre no dejaba huellas, Adelita. Era como una sombra.

»No hice nada, a no ser pensar en que me gustaba ser detective.

«No importa, rati. Sólo te quiero pedir que pienses en algo; los muchachos no desean la violencia, pero están dispuestos a responder. Sé decente. Chao, rati».

»Supongo que le hice caso. Este año me jubilo, con una pensión de mierda, como todos los ratis decentes. No me dejes hablar tanto, Adelita. ¿No ves que se me enfrió el pernil?

—Pida otro. Me gusta escucharlo porque usted cavila mientras habla. ¿Entonces, inspector?

—No encaja que llevara un arma, Pedrito nunca fue violento. Y es bien poco lo que sabemos del esposo armado.

catorce

Coco Aravena miraba a los tres hombres que fumaban en silencio, daban sorbos a sus vasos de vino y movían la cabeza con expresión de derrota. Llevaban varios minutos así; la única gentileza de su parte consistió en que Arancibia lo soltara y empujara hasta el mesón de tablones.

—Yo me largo —dijo Cacho Salinas.

—Espera —lo interrumpió Garmendia—, ¿no pensarás que yo contaba con un huevón como éste?

—¿Puedo tomar un vinito? —consultó Coco Aravena.

—¿Por arriba o por abajo? —espetó Lucho Arancibia, y la carcajada de los otros dos hizo que Aravena también sonriera, aunque no muy convencido.

Entonces lo reconoció. Cuánto había cambiado, qué viejo se veía ese antiguo *tonton macoute* de la Brigada Ramona Parra, la fuerza de choque de las Juventudes Comunistas, culpable de la mayor humillación sufrida en su vida militante.

Fue en 1971. Socialistas y comunistas habían convocado una asamblea en el Instituto Pedagógico para informar de la campaña de alfabetización del Gobierno Popular, solicitar voluntarios y de paso informar de los desafíos de la batalla de la producción.

Había entusiasmo en la asamblea, la gente pedía la palabra, se identificaba: «Fulano de tal, del Comité de la Facultad de Filosofía. Tenemos compañeras y compañeros alfabetizadores listos para salir al campo en cuanto solucionemos el problema del transporte». Fulana de tal, del Comité de Periodismo: «Compañeras, compañeros, parece que estamos descuidando las tareas de alfabetización en las minas. Recordamos que los mineros son la vanguardia de la clase obrera». Se formaban comisiones, parejas, se cantaba con el puño en alto.

En medio de la asamblea, Coco Aravena se sentía eufórico, pues la comisión de agitación y propaganda del Partido Comunista Revolucionario Marxista Leninista pensamiento Mao Tse-Tung tendencia Enver Hoxha, muy diferente de la camarilla liquidacionista que se hacía llamar Partido Comunista Revolucionario Marxista Leninista pensamiento Mao Tse-Tung tendencia bandera roja, lo había comisionado para la lectura de una resolución del Comité Central llamada a cambiar la historia.

Le dieron la palabra y empezó a leer un panfleto que criticaba con insólita dureza la conducción de la guerra en Vietnam, acusaba al Vietcong y a Ho Chi Minh de desviacionismo social imperialista, pero no pudo continuar porque las manos fuertes de Arancibia, que lucía el brazalete de la Brigada Ramona Parra, lo condujeron en vilo hasta un extremo de la asamblea. Ahí quedó en medio de una docena de brigadistas que, además de comentar sobre la audacia de esos pro chinos de mierda, lo miraban con evidente hostilidad.

Coco Aravena intentó repartir unos panfletos a los brigadistas, ahí estaban las grandes verdades del partido, pero ninguno sacó las manos de los bolsillos.

—Vamos a ver, pekinés. ¿Cuántos panfletos tienes? Yo diría que unos cincuenta —dijo Arancibia arrebatándole el atado de folios.

—Ésta es una asamblea para discutir ideas y mi partido tiene derecho a realizar acciones de propaganda. Los métodos del revisionismo no nos harán callar —protestó Aravena.

—Tienes toda la razón. ¿Verdad, compañeros? Las ideas se discuten, se reciben y se digieren. Nosotros te ayudaremos a digerirlas. Toma tus panfletos y haz un rollo bien apretadito —indicó Arancibia.

—Déjenme volver a la asamblea. Las actitudes matonescas no solucionan las contradicciones en el seno del pueblo.

—No seas porfiado, haz un rollito —aconsejó un brigadista, y empezaron a estrechar el círculo.

Coco Aravena se sintió como un cristiano en el circo romano, buscó ayuda, más allá del círculo divisó a Cacho Salinas y a Lolo Garmendia y se alegró de ver que llevaban brazaletes de la juventud socialista. Los llamó a gritos.

—¿Qué pasa, pekinés? ¿Estás en apuros? —saludó Salinas.

—Ustedes me conocen, saben que nuestras diferencias no son irreconciliables. Mi partido también se adhiere al Movimiento de los No Alineados y estamos por la no injerencia en los asuntos internos de los pueblos.

—Putas, qué interesante, huevón —comentó Garmendia—, ¿y cuál es el problema?

—No hay ningún problema —dijo Arancibia—, lo que ocurre es que el compañero debe digerir sus ideas, y para eso es necesario que se las meta en el cuerpo. Tú eliges: o te las comes una a una hasta la última hoja o te las metemos por el culo. Tienes dos opciones, pues: por arriba o por abajo.

El sabor a tinta de mimeógrafo le duró meses.

Lucho Arancibia, sin dejar de reír, le sirvió un vaso de vino.

Coco Aravena bebió, el calor del vino le hizo olvidar que estaba empapado, echó mano a un muslo de pollo y también irrumpió en una carcajada.

—Me comí todos los panfletos. Durante mucho tiempo mi novia dijo que besarme era como besar a Gutenberg. Cabrones.

—¿Qué mierda estás haciendo aquí, Coco? —preguntó Garmendia.

Extrañamente, a Coco Aravena no le vino ningún guión a la cabeza. Se limitó a contar las cosas tal como habían ocurrido, mientras lo hacía descubrió que Concha y él se habían metido en un agujero de salida difícil, si es que la había, y finalmente depositó el revólver sobre el mesón.

—¿Estás totalmente seguro de que el hombre murió? —insistió Garmendia.

Aravena asintió, con gran economía de palabras explicó los detalles del golpe recibido por el occiso, la magnitud de la herida en la cabeza y la cantidad de sangre que perdió. No cabía la menor duda.

—Tu mujer se cargó al especialista —se lamentó Arancibia.

—Lolo, ahora que todo se fue una vez más a la mierda, por favor, dinos lo que íbamos a hacer. Por lo menos quiero saber en qué lío estuve a punto de meterme. Dilo y luego nos largamos porque me estoy cagando de frío —exigió Salinas.

Garmendia se sobó la calva. No se consideraba ni siquiera un bebedor moderado, pero volvió a servirse un poco de vino.

—Está bien, pero primero decidamos qué hacemos con él —dijo, e indicó a Coco Aravena, que daba cuenta de otro muslo de pollo.

—Fácil. Lo llevamos hasta el fondo del galpón, lo sujetamos a un poste, enseguida sacamos los kalashnikovs y lo fusilamos. Eso es lo que indica el folclore, ¿no? —espetó Salinas.

Aravena dejó de comer y comentó que no era para tanto.

—Primero se impone un juicio popular, cargos y descargos, hasta que el compañero se haga la consabida autocrítica. No sé si lo han pensado, pero el pekinés tiene a su compañera metida en un lío mayúsculo. La única lección que me dejó la derrota es que nosotros mismos formamos una poderosa quinta columna, la del sectarismo. Propongo invocar al espíritu de los mineros asturianos del 34 —dijo Arancibia.

—Y dices que los milicos te fundieron un plomo. Tienes razón, ya estamos viejos y jodidos. Que se quede —apuntó Garmendia.

Aravena echó unos palos más al fuego y los cuatro hombres se sentaron sumidos en un desconocido sosiego. La lluvia continuaba cayendo con furia, pero no importaban ni el frío, ni la noche, ni la certeza de que al otro lado del portón estaba la ciudad hostil llena de cicatrices de lo que una vez había sido.

Salinas, aferrado al vaso, recordó un fin de semana en Galicia, cuando ya las cosas iban bastante mal con Matilde y, con la excusa de unos baños termales, se fue a pasar tres días solo en Mondariz.

Llegó al atardecer, se instaló en el balneario, no pudo conciliar el sueño y al amanecer salió a dar un paseo. Una niebla densa lo cubría todo, no se veía a más de un metro y empezó a caminar rumbo a una construcción metálica que apenas se perfilaba. Era un puente sobre un río que no se veía, pero se escuchaba el rumor cristalino del agua. De pronto, vio que unos metros más adelante caminaba una mujer encorvada, enteramente vestida de negro, y sintió miedo, mas un miedo temporal, breve, impreciso, y la razón le dijo que se trataba de una anciana gallega. Entonces siguió caminando y a la media hora se extrañó de no toparse con ninguna otra persona.

La niebla se espesaba más y más a medida que subía en dirección al pueblo de Mondariz, o así lo suponía, pues a la salida del puente vio un aviso caminero indicando la dirección que seguía. Oía el ruido de sus pasos en el camino empedrado, pasos regulares que de improviso dejaron de serlo interrumpidos por otros pasos, de uno, dos o más caminantes. Y la niebla empezó a perfumarse con el aroma de la leña aún húmeda, recién talada. Se detuvo, cerró los ojos, aspiró y reconoció el aroma de los pequeños poblados de Cautín, de Cañete, de Carahue, perdidos entre las nieblas espesas del sur chileno. Pensó que desvariaba, jodido y con alucinaciones, se dijo. Al abrir los ojos entre la niebla vio pasar a Fredy Taberna y lo llamó: «Fredy, hermano, te mataron en el norte, ¿qué haces en Galicia?». Tras Fredy iba Sergio Leiva, cargando su inseparable guitarra, y también lo llamó: «Sergio, hermano, a ti te mataron en Santiago, ¿qué haces en Galicia?». Luego pasó Lumi Videla, asesinada en un chupadero de personas y más tarde arrojada a los jardines de la embajada de Italia: «Lumi, ¿qué haces en Galicia?». Ninguno respondió, y sin embargo todos iban sonrientes.

Pasaron muchos hombres y mujeres que no conocía pero eran sus hermanos en la niebla. No sentía miedo ni estaba sorprendido al dar media vuelta y retornar al balneario. Cuando llegó al extremo del puente el sol empezó a disipar la niebla y no tuvo la menor duda de que se encontraba en Galicia, en España, con la excusa de unos baños termales y para ahogar en agua mineral el caos sentimental que lo agobiaba.

Tampoco albergaba la menor duda de que para los derrotados la vida se había convertido en un banco de niebla, en la bruma de los condenados a conservar lo mejor de sus recuerdos, esos pocos años que iban del 68 al 73, marcados día a día por la sonrisa del más militante de los optimismos.

A partir de entonces, Cacho Salinas recordó a sus muertos siempre sonrientes y se dijo que no había cagada que no se superase con una buena carcajada.

—Maestro, desembucha —dijo Salinas tocando un brazo de Garmendia.

—El especialista era eso, un especialista. Tenía un par de años más que nosotros, debía de rondar los setenta o algo así, y fue un extraño instructor de muchas cosas que sabemos sin saber que él, a su manera, legó a la militancia.

»Supongo que todos recordarán ciertas reglas de la clandestinidad, el chequeo de vehículos desacostumbrados en la calle, la necesidad de llevar muchas fichas para los teléfonos públicos, no bajar siempre en la misma parada, esos detalles que se enseñaban boca a boca y no aparecían en ningún texto. También recordarán los primeros asaltos a bancos, o al supermercado Portofino. Aunque cometidos por militantes que no tenían la menor experiencia, fueron perfectos, limpios, sin violencia, sin heridos. Ese hombre que ha muerto estuvo detrás de todos esos actos. No participó, se limitó a enseñar cómo se hacía. Algunos le llamaban La Sombra.

»En el año 71 la derecha decidió sacar divisas de manera ilegal, se trataba de dejar al país sin dólares y se crearon una serie de bancos privados, anónimos, para reunir y sacar el dinero a bancos de Miami. Agentes ligados a la derecha compraban dólares a precios mucho más altos que los del Banco Central o las casas de cambio; los norteamericanos habían dado un cheque en blanco para hundir al país. El 1 de mayo del 71 conocí a La Sombra; de improviso, se me acercó durante la manifestación, me tomó de un brazo, dijo que quería hablarme de un asunto, lo seguí y me dejó perplejo: «Te he observado, te mueves bien en la manifestación, sabes mirar, estableces perímetros justos, si te dejan estar tan cerca del escenario es porque eres del dispositivo de seguridad socialista, es decir, que eres eleno. Aquí hay un sobre, en él va la dirección de un banco secreto, entre el 12 y el 15 de este mes habrá casi un cuarto de millón de dólares listo para salir del país. También van las instrucciones para requisarlos. Les doy dos días para decidir si lo hacen o no, en caso contrario pasaré la misma información al MIR. Sólo contactaré contigo pasado mañana, en el café Santos a las cinco de la tarde».

»Pasé la información a la dirigencia del ELN, me ordenaron ir a la cita y decir: «Sí, lo haremos». Acudí al café Santos, La Sombra tomaba cocoa, hablamos unos diez

minutos y al hacer amago de dejarlo me dijo que espe-
rara. «Te haré un regalo, voy a enseñarte un lugar para
salir de aquí sin usar la puerta». El café Santos estaba en
un subterráneo, en la esquina de Ahumada y Huérfanos.
Fuimos a los lavabos de hombres, abrió un ventanuco
que daba a un pasillo respiradero y seguimos por él hasta
una trampilla que descendía por otro pasillo muy estrecho flanqueado de cables eléctricos, tubos de gas y desagües; ese pasillo nos dejó frente a una puerta metálica
bastante estrecha, una puerta con marco también metá-
lico. Los bordes del marco llegaban a milímetros del
suelo, estaban huecos. Metió un dedo en el vertical izquierdo y sacó una llave unida a un resorte, abrió y volvió
a ocultar la llave; entramos a un espacio muy oscuro, se
oían jadeos de gente en lo mejor del merecumbé sexual,
hablaban en inglés, *«oh, baby»*, decía ella, *«oh, baby»*, decía
él, los guiones porno no llevan mucho diálogo. Estábamos en un trastero tras la pantalla del cine Roxy. Entramos a la sala, nos deslizamos frente a tipos que se la cas-
caban y nos ignoraron. Salimos a la calle Huérfanos por
la entrada de una galería comercial y ahí, con la mirada,
recorrió los cien metros que nos separaban de la entrada
del café Santos. «El muchacho que está mirando la vi-
trina de la farmacia te acompaña. Dile que nadie mira

una farmacia más de un par de minutos. Que les vaya bien. Chao, elenito».

»Un grupo operativo del ELN requisó esos dólares y los entregó de manera anónima al Banco Central. Me vi con La Sombra tres veces, y tres veces requisamos dólares de esos bancos secretos. En cada cita me enseñó pasillos de fuga que tenía en casi todo el centro de Santiago.

»Vi a La Sombra por penúltima vez antes de salir al exilio, estaba frente al gabinete de identificación con un puestito de caramelos y me contó que acudía todos los días a observar a la gente que sacaba pasaportes. «Buena suerte. Te daré un consejo: aprovecha el tiempo y estudia electrónica, pues la guerra será con alambres y asuntos diminutos».

»Y vi a La Sombra por última vez treinta años más tarde, hace cosa de dos meses, al hacerme cargo de la casa de mis padres. ¿Cómo entró? No le pregunté por eso, la casa llevaba oficialmente vacía medio año. Estaba sentado en la cocina, leyendo, bastante más viejo de como lo recordaba y tomaba cocoa de un termo. «Te has descuidado, la calvicie era inevitable, pero esas grasas de más tienes que eliminarlas; camina, camina todos los días, hace bien para pensar y quema lo que sobra. Tengo algo entre manos, ¿recuerdas las cosechas de dólares? Nos faltó un banco, el premio gordo, y lo reservé como mi propio seguro de vida, pero eso ya no importa. Lo relevante es que el banquero murió de la mejor manera: el 11 de septiembre del 73, celebrando el golpe de Estado, se atoró con un canapé y adiós pampa mía. El tipo era celoso y desconfiado, tanto que nadie descubrió el barretín donde todavía hay medio millón de dólares. Los milicos levantaron el suelo, desconcharon los muros, quitaron el falso techo y no dieron con el escondite. Hasta el 75 fue una tienda de porcelanas, tenía la exclusiva de Lladró. Te imaginarás lo que pueden hacer los milicos en una tienda de porcelanas. Nunca encontraron lo que buscaban, incluso llevaron detectores de metal, miras infrarrojas, aparatos de detección de calor. Y nada. ¿Quieres saber por qué? Fue obra mía, le diseñé el escondite más seguro. Hasta el año 80 el lugar fue un salón de belleza, luego agencia de viajes, más tarde perfumería, y desde hace muy poco es un café con tetas. Las vitrinas están cubiertas con una tela oscura, funciona en semipenumbras, atienden cuatro o cinco chicas que sirven café y muestran las tetas, más un ex sargento del ejército reciclado en cafiche que cobra por las mamadas que las chicas hacen en un reservado. En suma, siempre hay entre cinco y diez personas, una multitud. Si te la juegas, hay que hacerlo el 16 de julio entre las seis y las ocho de la mañana».

—Ya es 16 de julio —apuntó Coco Aravena.

—¡La Sombra! —exclamó Cacho Salinas—, también lo conocí poco antes de salir al exilio, cuando, como tantas y tantos, recorría las calles de Santiago en busca de un contacto, de alguien que tuviera información veraz y líneas de conducción política. Si la memoria no me falla, creo que fue en el Llano Subercaseaux, ese enorme parque que se extendía paralelo a la Gran Avenida. Ya había caído Arnoldo Camú, el comandante del ELN, pero algo me llevaba una y otra vez al punto de contacto acordado antes del golpe. Lo recuerdo nítidamente, de la misma manera como recuerdo haber visto y evitado a dos compañeros del aparato de seguridad del MIR que subían por la calle Santa Fe, tal vez hacia la misma casa en la que cayó luchando como un tigre Miguel Enríquez. Ahí me abordó, vestía un mameluco azul de la municipalidad de San Miguel y barría un camino del parque. «Yo que tú volaría de aquí, compañero. Te he visto tres días seguidos y eres más que notorio. No me importa tu militancia, pero si la moral te empuja hay que hacer algo. Es tiempo de derrota, de contar muertos, de empezar de nuevo y, sobre todo, de mantener la moral. Pasado mañana, a las nueve en punto de la mañana, habrá un operativo simpático. ¿Te la juegas?».

»Rompiendo todas las reglas de seguridad, le respondí que sí, ese tipo tenía algo bueno y antiguo, eso que nos asombraba en las viejas fotos de la revolución rusa o de los barbudos entrando a La Habana. Me dijo una dirección y acudí. El operativo simpático tuvo lugar en la esquina de Santa Rosa y Sebastopol. Vi varios rostros conocidos, compañeros del partido comunista, del MIR, socialistas, todos mirándonos sin saber si estábamos en una encerrona. Entonces vimos acercarse un camión repartidor de pan de molde, un enorme camión cargado de barras de pan Ideal que, al llegar a la esquina, fue embestido por un camión municipal. De él bajó La Sombra, encañonó al chofer del camión repartidor y entendimos lo que esperaba de nosotros. Abrimos la parte de carga y empezamos a repartirla entre las gentes que pasaban. No sé si fue La Sombra u otro compañero el que dijo: «Somos la Resistencia. Ánimo, camaradas», y al poco rato teníamos a una multitud recibiendo pan, dándonos apretones de manos fuertes, calientes, encargando que nos cuidásemos. Todo duró unos diez minutos y cuando los milicos llegaron no había un alma en la calle, ni pan, ni rastro de La Sombra.

Coco Aravena movía la cabeza con gesto desconsolado y cerró con fuerza los puños antes de hablar.

—Por mi culpa nos cargamos a La Sombra. No lo puedo creer, porque yo también participé en un operativo simpático. Después del golpe militar estaba confuso y avergonzado, veía los muertos en las calles y los documentos de mi partido hablaban de los errores del gobierno popular y culpaban a los que estaban cayendo de todo el horror que se nos echó encima. Un día, ha de haber sido a finales de septiembre, de pura casualidad me encontraba en el barrio Carrascal, barrio proleta, y de pronto reconocí a varios compañeros de otros partidos. Todo pasó muy rápido; un triciclo se cruzó delante de un camión de Gasco obligándolo a frenar, el conductor del triciclo apuntó con... ¡con este mismo revólver! —gritó Coco Aravena, y el llanto le transformó la cara en una máscara de dolor.

—Y repartieron las bombonas de gas en nombre de la Resistencia —concluyó Salinas.

Lucho Arancibia sirvió más vino, avivó el fuego y enseguida miró el techo de oscuras planchas de cinc.

—Por aquí también pasó La Sombra. Cuando salí de la cárcel, mis viejos organizaron un funeral simbólico de mi hermano Juan. El taller llevaba varios años cerrado y la idea era venderlo. Vinieron muchos de los nuestros, vecinos, amigos de toda la vida. Así lo conocí, era uno más entre los que abrigaban de cariño a mis viejos. Me llamó, dijo que quería decirme algo personal y nos alejamos de la gente. «No vendan el taller, puede servir para muchas cosas, entre otras para velar a tu hermano Alberto cuando aparezca su cuerpo. Volveremos a vernos». Y así fue. Varios años más tarde, en el 82, apareció nuevamente por el taller. «Tú entiendes de metales, soldaduras, mecánica. Necesito varios artefactos capaces de lanzar una cadena de acero hasta unos cincuenta metros de altura. Mañana debes dejar el portón abierto y alguien traerá los materiales. ¿Te la juegas?».

»Lo hice. Fabriqué unas ballestas que lanzaban un arpón al que se unía una cuerda y enseguida varios metros de cadena de acero. Me cagué de la risa, lloré de gusto, canté y bailé cuando los muchachos del Frente Patriótico Manuel Rodríguez dejaron por primera vez sin electricidad a medio Santiago. Mis arpones volaban por sobre las torres de alta tensión y las cadenas, al caer sobre los cables, provocaban unos cortocircuitos monumentales. Y quienes los lanzaban eran los muchachos de las Juventudes Comunistas, los hijos de los muertos, de los exilados, de los jodidos como yo. Mierda, Cacho, te dije que si hablaba demasiado me metieras un sopapo —dijo Arancibia.

Los cuatro hombres se miraron. Más gordos, más viejos, pelados y con la barba encanecida, proyectaban todavía la sombra de lo que fueron.

—¿Qué? ¿Nos la jugamos? —preguntó Garmendia, y los cuatro vasos chocaron en la noche lluviosa de Santiago.

quince

El inspector Crespo dejó a la detective Bobadilla en su casa y regresó al vetusto edificio de la dirección general de Investigaciones. Estaba muy inquieto, cada vez le gustaba menos saber que un marido armado se movía por la ciudad.

Llamó a Concepción García. La mujer, con voz somnolienta, le informó que el cónyuge no había regresado.

Miró el reloj de pared. Eran las dos de la noche y continuaba el aguacero. Recordó a los viejos serenos que, solitarios, deambulaban por la ciudad y premunidos de un báculo, un farol y un atado de llaves maestras daban la hora y el tiempo.

«Ave María purísima, las dos han dado y lloviendo».

Se preguntó cuándo habían desaparecido esos empleados del municipio y si realmente los vio alguna vez, de niño, o si no eran más que esas raras certezas nacidas por contagio, al escuchar sin querer el inventario de desapariciones.

—¿Qué diablos tramabas, Pedrito? —dijo en voz alta.

También pensó en bajar hasta los sótanos, al archivo de prontuarios, generalmente ilegibles, carcomidos por la humedad del edificio o devorados por los ratones. Desechó la idea de inmediato. De Pedro Nolasco sabía todo y nada al mismo tiempo.

Las neuronas del inspector trabajaban sin pausas y, así, hasta su memoria llegó una fotografía del archivo de «peligrosos». Una imagen de mala calidad tomada en el cementerio general y que mostraba a Nolasco, a la edad de treinta años, como único partícipe de un sepelio. Tiraba de un carretón, sobre el vehículo iba un ataúd cubierto por una bandera rojinegra. La foto era en blanco y negro, mas el inspector sabía que esa bandera tenía que ser necesariamente rojinegra, pues se trataba del funeral del otro Pedro Nolasco, el anarquista que, según los archivos, murió a consecuencia de un disparo hecho de muy corta distancia, presumiblemente suicidio, aunque el arma nunca fue encontrada.

—Extraños bichos esos anarquistas —murmuró el inspector.

Ya no quedaban hombres así en Chile, eran parte del inventario de pérdidas sobre el que se sustentaba una normalidad postiza, la normalidad de dos países absolutamente diferentes coexistiendo en un mismo miserable espacio geográfico. De una parte, el país próspero de los triunfadores, asentado en la parte oriental de la ciudad, de los empresarios que saludaban sonrientes a su vecino diputado o senador, de las mujeres ejecutivas de la televisión o propietarias de *boutiques* que tomaban capuchinos en la terraza de algún *mall* mientras comentaban las últimas gangas del comercio de Miami, la suciedad de París, el caos de Roma, la fetidez de Madrid, y mostrando unos dientes blancos e impecables aseguraban que no había nada mejor que vivir en Chilito. De otra parte estaba el centro de Santiago, transitado por gentes cabizbajas, atemorizadas por las cámaras de video que seguían sus pasos, por los carabineros que se dejaban ver en sus buses verdes de ventanas enrejadas, por los guardias de seguridad que controlaban sus pasos en bancos y comercios. Y seguían los barrios del sur, del norte y del oeste, habitados por la desesperanza del empleo precario, aterrados por una delincuencia feroz de niños o adolescentes que, tras explosionar sus cerebros inhalando pasta base, se convertían en psicópatas con aspecto de párvulos.

—Ya no quedan anarquistas —suspiró el inspector.

El último había muerto en 1990. Un hermoso anciano de larga barba blanca que siempre vistió el mameluco de obrero y se veía como un hermano gemelo de León Tolstoi. Se llamó Clotario Blest, un anarcosindicalista pacifista, vegetariano, macrobiótico, ecologista cuando nadie sabía el significado de la palabra, fundador de la Central Única de Trabajadores, la mayor y mejor organizada central sindical de América Latina.

El inspector Crespo recordó haberlo visto durante las manifestaciones contra la dictadura, siempre en primera fila, o exigiendo que le dijeran dónde estaban los miles de hombres y mujeres desaparecidos, siempre en primera fila, arrastrado por policías fornidos que no hacían más que acrecentar la fortaleza emanada de su cuerpo débil. Siempre en primera fila.

Clotario Blest ya no estaba, tampoco la CUT. Eran parte del inventario de pérdidas.

—¿Qué diablos tramabas, Pedrito? —repitió en voz baja, y en ese momento miró el calendario de su escritorio.

16 de julio. Se levantó de un salto, fue hasta el ordenador central y buscó en historia de la delincuencia robos a bancos.

El 16 de julio de 1925, el abuelo de Pedrito, junto a tres anarquistas españoles, había asaltado la sucursal Matadero del Banco de Chile.

Al inspector Crespo le gustaban las coincidencias porque la vida estaba llena de ellas. Simplemente había que aceptarlas en silencio, no podían usarse como argumentos para tomar medidas preventivas, así que hizo lo único que puede hacer un policía mareado por el peso de una coincidencia: nada.

Se quitó los zapatos, puso los pies en el escritorio, cerró los ojos y murmuró:

—Está bien, Pedrito, si lo que ibas a hacer era un asunto en solitario, ya no hay motivos para preocuparse, pero si tenías compinches, que lo hagan a tu estilo y estamos en paz.

dieciséis

A las cinco de la madrugada continuaba lloviendo, aunque de manera más tenue, y los cuatro hombres del galpón se disponían a salir. Lolo Garmendia se hizo cargo del revólver, comprobó que los seis proyectiles calibre treinta y ocho especial estuvieran en el tambor y guardó el arma. Lucho Arancibia metió un mazo y un cincel en una bolsa deportiva. Coco Aravena no dejaba de luchar con el guionista impenitente que lo habitaba y perdió temporalmente el combate.

—Muchachos, aunque no lo parezca, algo entiendo de estas cosas. Por lo que ha dicho Lolo, entrar no será difícil, está claro que a las seis de la mañana se desconectan las alarmas para que no salten con el movimiento de la gente que se mueve en el pasaje. Eso está claro. Pero adentro puede haber cámaras, micrófonos, así que propongo usar los pañuelos como máscaras, tapándonos la mitad de las caras, y que hablemos entre nosotros sin nombrarnos. Lolo puede ser míster Black; Cacho, míster Brown; Lucho, míster Red, y yo...

—La película se llama *Reservoir Dogs*. ¿Lo tuyo es de nacimiento? —le cortó Salinas.

—Red. Como John Reed. El autor de *Los diez días que estremecieron al mundo* está enterrado en el Kremlin, junto a Lenin. Fue un gran camarada norteamericano, pero de los otros, Black y Brown, nunca escuché hablar. Mi formación política tiene muchos vacíos —aseguró Arancibia.

—¿Necesitas el sopapo? —consultó Salinas.

Salieron a la calle Matucana a las cinco y diez de la mañana. Caía una lluvia débil, mas no por ello dejaba de mojar. Acordaron ir en dos taxis hasta la plaza de Armas y reunirse ahí junto al monumento a Valdivia. Garmendia y Arancibia subieron al primer taxi, Salinas y Aravena al siguiente.

A las cinco y cuarenta se reunieron en el lugar acordado. Por la plaza de Armas ya se movían bastantes personas apresuradas, caminaban encogidas en un intento estéril por mojarse menos, e incluso los que llevaban paraguas lo hacían de la misma manera. El conquistador a caballo brillaba bajo la lluvia; la estatua pedía a gritos una base alta para magnificar el gesto del jinete, pero, de la misma manera como un arquitecto había arrebatado los peldaños de la catedral, dejando la nave a ras de la calle, chata, obtusa, definitivamente fea, a Pedro de Valdivia lo tenían sobre una base tan baja que el único efecto conseguido era el de un tipo a caballo molestando el paso de los transeúntes.

—¿Se acuerdan de cuando éramos estudiantes? —preguntó Coco Aravena, y se fue a la parte trasera del monumento, trepó a la base y dio un sonoro beso a los testículos soberbios del caballo.

—Realmente, lo tuyo es de nacimiento —comentó Salinas.

—Tiene razón el pekinés. Está científicamente comprobado que besarle los huevos al caballo trae suerte

—apuntó Arancibia, y unió sus labios a los testículos de bronce.

Los otros dos hicieron lo mismo.

A las cinco y cincuenta y cinco minutos de la mañana entraban a la galería San Antonio por la entrada de la calle Merced. El café de vitrinas cubiertas por un espeso cortinaje negro se llamaba El Dragón Feliz y se situaba exactamente frente a la librería Le Monde Diplomatique. Garmendia pensó en las palabras de La Sombra: «El lugar es tranquilo, a esa hora de la mañana nadie se detiene frente a una librería, estamos, por desgracia, en Santiago».

Lucho Arancibia hizo palanca con el cincel, y el candado que aseguraba la cortina de rombos metálicos saltó. Subieron la cortina, el cincel descerrajó la puerta de aluminio y vidrio, bajaron la cortina y Garmendia reemplazó el candado reventado por otro similar.

El Dragón Feliz olía a encierro mezclado con café. No medía más de treinta metros cuadrados. Frente a la barra se alineaban cinco taburetes altos; en un extremo, la caja, detrás estaba la cafetera Cimbali, un estante con tazas y platillos, y más atrás del estante el estrecho reservado amoblado con un sofá de plástico medio cubierto por las minifalditas rojas de las dependientas.

—Hasta aquí vamos bien —comentó Garmendia.

—¿Hago café? —susurró Aravena.

—Macho, lo tuyo es grave —murmuró Salinas.

—No nos caería mal un cafecito. Y si el pekinés dice que puede hacerlo —acotó Arancibia.

—Que haga café. Y ustedes hablen, en voz baja pero hablen. Ahora tengo que pensar como La Sombra y no puedo pensar si estoy tenso —indicó Garmendia.

Coco Aravena saltó tras la barra y sobre la plataforma que servía de suelo quedó con el culo a la altura de los ojos de sus compañeros. Echó a andar la cafetera y sirvió cuatro tacitas. Garmendia se alejó hasta un extremo de la barra y se dedicó a observar detenidamente una pared.

—Hablen —ordenó.

—¿Qué tal me salió el cafecito? —consultó Aravena.

—¿No te tienta ponerte una de esas falditas que hay en el reservado? —dijo socarrón Arancibia.

—Este café es una mierda, pero no tienes la culpa. En Chile no se toma café —empezó a decir Salinas.

—No se toma café, nunca tuvimos cultura de café, y ya en los años sesenta esa falta de cultura de café se convirtió en una desgracia, en un trauma nacional. Cada chileno que viajaba a Europa volvía hablando del café que servían en Francia o en Italia, y la cosa empeoró cuando los que regresaban de Argentina comentaban lo bueno que era el café en las confiterías de Buenos Aires. Aquí seguíamos tomando café de higos, de remolacha, de cualquier cosa menos de café. A mediados de los sesenta apareció el Nescafé, y un burgués del carajo, Márquez de la Plata, inventó el sucedáneo nacional, el Sicafé, que también era una soberana mierda. A finales de los sesenta, un empresario audaz decidió crear una cultura especial, chilensis del café, y abrió el primer café Haití, en la calle Ahumada. No le habría significado una gran inversión traer café bueno, tostado por gente con experiencia, pero no, trajo un café de mierda, y en compensación diseñó la cafetería de una manera especial: la dotó de una pasarela elevada tras la barra, contrató a chicas proletarias de buen ver según el gusto de la mayoría, que fue, es y será apasionada de los cuerpos barrocos, es decir, de las gorditas ricas, las vistió con unas minifaldas de infarto y las puso a servir café, un café de mierda una vez más, pero a ninguno le importaba el sabor ni quemarse la boca con tal que fuera servido por esas gorditas sensuales que mostraban los muslos y a las que, con sólo dejar caer al suelo las cucharillas, se les podía admirar las nalgas al recogerlas. A partir de ese momento nos hicimos adictos al café con piernas. El Haití abrió más sucursales en el centro. No hubo empleado público, juez, diputado o notario que no soñara con las chicas del café con piernas. Después abrió el São Paulo, y a las minifalditas se agregó el escote. ¿Quién no recuerda esas chicas inclinadas sobre la taza, revolviendo el azúcar y preguntando: «¿Le pongo leche, caballero?», mientras el cliente sudaba frente a esos escotes más que generosos. Y así, compañeros, llegó la dictadura, la libertad de mercado, y con eso surgieron los cafés con tetas, como éste que, créanme, estamos asaltando. También hubo los cafés de la hora feliz, con desnudo total, hijas de proletas en pelotas para solaz de viejos babosos. Como todos sabemos, la sacrosanta libertad de mercado no tiene límites, de tal manera que a la moral católica de Chile no le resultó difícil aceptar que las hijas de proletas se prostituyeran. Y el café siguió siendo una reverenda mierda.

—Amén —dijo Lucho Arancibia.

—Silencio —ordenó Garmendia—. El extractor de aire es reciente, ese modelo no tiene más de diez años y este edificio es de los años treinta. El antiguo sistema de aireación tiene que estar en un ángulo, junto a una columna. Lucho, pica aquí —indicó señalando un punto cerca del techo.

Mazo en mano, Arancibia empezó a desconchar el muro, la capa de escayola cayó con facilidad y dejó ver el color de una pared de ladrillos. Garmendia la examinó.

—Inteligente La Sombra. Estos ladrillos son de los años setenta. Por eso los milicos no encontraron la entrada al tesoro; cubrió el muro original con esta falsa pared de ladrillos. Sigue picando, Lucho.

Arancibia continuó, y a las siete y quince de la mañana dio con la entrada de un respiradero. Metió primero una mano, luego el brazo, cayeron varias ratas secas, momificadas, y entre una nube de polvo retiró la maleta envuelta en plástico.

Los cuatro hombres salieron de El Dragón Feliz a las siete y treinta, bajaron la cortina metálica y la cerraron con el candado.

Un sujeto que miraba al suelo les preguntó si ya estaba abierto el café.

—Todavía no. A las ocho. Las señoritas se están arreglando —le respondió Arancibia.

Abandonaron la galería por la salida de la calle San Antonio. Continuaron caminando entre gente encogida por el aguacero hasta La Alameda y en Ahumada desaparecieron en la boca del metro.

diecisiete

Concepción García miraba incrédula al cónyuge. Se habían encontrado en la puerta del edificio cuando ella salía cargando una bolsa con tres mudas de ropa, útiles de aseo y un ejemplar de *Berlín Alexanderplatz*. Antes de dejar Berlín se hizo la promesa de leer la novela de Alfred Döblin en alemán, ese libro gordo la mantendría cerca de su ciudad perdida, lejos de la cárcel a la que sin duda la condenarían por muchos años.

—Concha, ¿adónde vas tan temprano? —la saludó.

—A entregarme. La policía lo sabe todo y me confesé culpable.

—¿Culpable? Conchita, vuelve a casa, hablemos, decidamos juntos qué decir.

—No, Coco. No quiero más cuentos ni películas. No quiero más clásicos de nada.

En ese momento se llevó la primera sorpresa, porque el cónyuge la abrazó, le besó los labios, los ojos y dijo unas palabras totalmente ajenas al Coco Aravena de toda la vida:

—Vamos juntos, Conchita. Y juntos diremos toda la verdad.

El inspector Crespo se rascó la barba. Se preguntó por qué crecía más en las noches en vela que mientras se dormía.

—Adelita, ¿nos deja solos unos minutos, por favor?

La detective salió y el inspector maldijo la hora en que dejó de fumar.

—Muy bien, señor Aravena. Ya hemos aclarado que, luego de un apasionado intercambio de opiniones a causa de su indolencia, depresión, desengaño, falta de ilusiones, escaso amor por el trabajo y posiblemente falta de pudor, la señora montó en cólera, arrojó ciertas cosas por la ventana sin ver que, desgraciadamente, por la calle pasaba una persona que recibió el impacto de un tocadiscos falleciendo de manera súbita. También hemos aclarado que, fruto de la desesperación, usted tramó un ardid más bien grotesco para protegerla, así llegamos a esa falsa denuncia de robo, con la intención de culpabilizar a terceros.

—Sí, señor. Y una vez más insisto en que toda la culpa es mía. Yo y mi conducta somos los únicos culpables de lo que pasó. Le ruego pues que me pase al juzgado para cumplir con la pena que me sea impuesta.

—No tan rápido. Usted también asegura desconocer totalmente la identidad del occiso.

—Nunca antes lo había visto, en toda mi vida. Me ofrezco voluntariamente a ser sometido al detector de mentiras o a las inyecciones de pentotal.

—Sin la menor duda que es usted un apasionado del cine. Veamos, una vez más: ¿por qué tomó el arma del occiso, la ocultó y más tarde salió armado a la calle?

—No sé por qué la tomé. Fue un impulso. Pensé en venderla.

El inspector se dijo que esa posibilidad era coherente, todo el mundo lleva dentro un pequeño ratero. La gente roba en los supermercados por la pura aventura de hacerlo.

—¿Y en la calle, armado? ¿Qué pensaba hacer?

—Tampoco lo sé. Reconozco que tuve la idea de hacer algo, atracar un negocio, un banco, una gasolinera. Pero no lo hice.

«Ahora —se dijo el inspector—, te haré la pregunta decisiva, y como aludas a la cobardía en tu respuesta, te jodo, pequeño huevón».

—¿Por qué no lo hizo? Después de todo iba armado.

—Porque no sé cómo se hace. En las películas nunca llueve de esa manera, los asaltantes no van empapados, muertos de frío. Y por si fuera poco, no sé usar un arma, jamás he disparado una pistola. Me senté en un parque, a pensar, y ni siquiera eso hice. Por favor, deje que mi mujer se marche y haga conmigo lo que quiera. He venido a entregarme.

«Lo peor de este oficio es la necesidad de ver la delgada línea que separa al delincuente de la víctima de la casualidad. Eso no lo enseñan en la escuela de policías. Si este tipo se hubiera presentado sin el revólver, argumentando que lo había arrojado al río o a un contenedor de basura, aun a riesgo de equivocarme no le habría creído».

El inspector tomó el revólver, comprobó que estaba estupendamente lubricado, olió el tambor, hasta su nariz llegó el inconfundible aroma almendrado del aceite Remington que dejó de venderse en los años setenta y fue reemplazado por soluciones siliconadas. Enseguida echó el tambor al lado y miró a través del cañón. Las estrías mostraban imperfecciones posiblemente producidas por el roce de balas de ínfima calidad, balas artesanales hechas por armeros clandestinos, como las que había retirado del tambor: puro plomo, balas antiguas que, de ser disparadas, dejarían restos de escoria en las diminutas muescas que a simple vista descubrió en las estrías, hasta inutilizar el arma, con riesgo para el que disparase.

—Señor y señora Aravena, pueden irse.

Concepción García hizo un gesto de estupor, el cónyuge hizo amago de abrir la boca, mas el inspector les indicó la puerta con un dedo.

Los vio salir tomados de la mano. Bostezó y llamó a la detective.

—Adelita, ¿me haces el honor de desayunar conmigo? Vamos a La Selecta.

Caminaron en silencio las tres cuadras que los separaban de la enorme panadería y cafetería, frente al mercado central. Ahí ocuparon una mesa del segundo piso;

el inspector ordenó dos desayunos completos, con huevos fritos, jugo de papayas y hallullas recién horneadas.

—¿Tiene algo que decirme, inspector? —preguntó la detective.

—Adelita, tú y yo sabemos cosas que no se pueden decir en voz alta: investigaciones archivadas por órdenes de muy arriba, criminales sueltos porque las pruebas incriminatorias se extraviaron, asesinos, violadores de todos los derechos y la dignidad de las personas libres y premiados con cargos en grandes empresas o en el cuerpo diplomático. Esos dos, si cometieron un delito, es haber regresado a Chile. Lo que pasó fue una trágica casualidad, un accidente, nada más. Ambos sabemos cómo funciona la justicia en nuestro país; habrían pasado meses, incluso años en la cárcel, hasta que un juez los condenara a pagar una ridícula multa.

—Su proceder no es muy ortodoxo.

—No lo es. Tienes toda la razón. Pero intento ser justo, aunque un rati debe limitarse a detener sospechosos. Mientras hablaba con ellos estuve revisando el revólver de Pedrito. Un arma vieja, con las estrías del cañón visiblemente dañadas. Pienso que, casualmente, le hicieron un favor; si Pedrito pensaba usar ese revólver, al segundo disparo le habría estallado en las manos y las esquirlas buscan siempre los ojos. ¿Te imaginas a un anarquista ciego?

—¿Sabe, inspector?, cuando estaba a punto de obtener mi chapa de detective, de la escuela nos llevaron a Villa Grimaldi para un ejercicio de reconocimiento en un lugar lleno de huellas. Yo ignoraba la existencia de esa casona, de lo que fue, de la gente que ahí fue torturada, asesinada o hecha desaparecer. No creo en fantasmas o en auras, pero ahí se respiraba algo terrible y me sentí mal. En un momento determinado me alejé de mi grupo, y sin querer escuché a una mujer que le contaba a otras personas que ella había estado ahí. Era una mujer bella, frágil, más tarde supe que se trataba de una escritora, y narraba el horror que sufrió junto a muchas otras prisioneras. Lo extraño es que no había rencor en su voz; dolor, sí, mas un dolor libre de odio, un dolor lleno de dignidad, hermoso para mí, que crecí durante la dictadura escuchando mensajes de odio cada día. Me acerqué a ella y le dije: «Soy detective, en mi nombre y en el de la institución que represento quiero pedirle perdón por todo lo que sufrió, y le juro que eso nunca más volverá a repetirse». Ella me miró de una forma dulce, preguntó por mi edad y cuando le dije que había nacido en 1973, me abrazó diciendo: «Tú no tienes ninguna culpa, tú tienes las manos limpias». Estoy con usted, inspector.

—Es paradójico, Adelita. Eres de la primera generación de ratis capaces de otorgar dignidad a lo que hacemos, y posiblemente la última. Muy pronto anunciarán la privatización de la policía y todo aquello en lo que crees será dejado en manos de mercenarios.

El viejo inspector y la joven detective se miraron a los ojos. En ellos vieron lo que los cronistas de sucesos policiales y repartidores de medallas nombran satisfacción del deber cumplido, pero que en realidad se llama orgullo de decir «me la juego», y cumplir.

dieciocho

Querido eleno: es posible que leas esta carta escrita hace varios años y dejada donde la encontraste la última vez que entré a la guarida del tesoro para cerciorarme de que todo continuaba a buen recaudo y retirar algunos dólares, no muchos, apenas los necesarios para solventar las necesidades de un luchador solitario y solterón. No entraré en detalles de cómo lo hice, aunque si imaginas disfraces de albañil, estás en lo cierto.

Si hace pocas horas estuvimos juntos, entonces sabes que he muerto; los informativos hablarán de un viejo que se pegó un tiro en un cuchitril de dudosa moralidad e imagino que tendrás muchas preguntas.

Vengo de una estirpe de suicidas, decido libremente el fin de mis días porque soy un anarquista. Paul Lafargue (lee El derecho a la pereza) y Laura Marx se suicidaron juntos para evitar la humillación de la senectud. En Chile, el padre del movimiento obrero, Luis Emilio Recabarren, se suicidó al descubrir que, afiliando al movimiento comunista el trabajo de tantos y que tantas vidas costó, sacrificaba la raíz libertaria de las mejores ideas sometiéndolas a la voluntad de los que están dispuestos a sacrificar la libertad por el poder. La libertad es un estado de gracia y sólo se es libre mientras se lucha por ella. Mi abuelo paterno fue uno de los primeros anarquistas chilenos, un obrero gráfico que me enseñó a leer de la mano de Cervantes y Tolstoi y que participó de manera anónima en innumerables acciones contra el poder. Un día decidió soberanamente su adiós a la vida para no ser un lastre en mi sendero. Lo hizo con el mismo revólver que yo he empleado para dejar de ser un hombre y empezar un camino de sombra.

Los anarquistas caemos sin estrépito, no somos dados a la propaganda. Si cuando leas esta carta es 16 de julio y son más de las nueve de la mañana, quiere decir que la policía ya habrá recibido una misiva con un detallado croquis de El Dragón Feliz. Levantarán la barra, quitarán las baldosas y darán con la trampilla que guarda una caja de caudales. No hay dinero en ella, pero sí ciertos documentos con las claves de varias cuentas bancarias en Suiza, abiertas entre 1974 y 1980. Sus dueños, todos militares ahora retirados, tendrán que rendir cuentas respecto del origen de esos dineros que, casualmente, coinciden con la contabilidad del horror registrada en un cuaderno. En él está detallado el reparto del botín: casas de asesinados, vehículos recibidos a cambio de un salvoconducto para salir del país, objetos de arte saqueados y vendidos en prestigiosas galerías europeas, acciones entregadas a cambio de salir de los centros de tortura, joyas recibidas para la «reconstrucción nacional» y, sobre todo, sobornos. En 1995 una «mano anónima» hizo llegar al gobierno fotocopias de cheques girados por el ejército a un hijo del dictador por un monto de tres millones de dólares, apenas un decimal comparado con lo que hoy encontrará la policía. Fue una prueba, quería saber si se podía confiar en la recuperada democracia chilena. La respuesta la sabemos todos: Pinochet sacó las tropas a las calles y esos cheques nunca existieron.

Es muy satisfactorio suponer que, mientras lees esta carta, mi cuerpo seguirá tendido en ese lugar miserable, o tal vez ya estaré en la morgue para no interrumpir el trabajo de la policía.

Te preguntarás por qué lo hice. Un hombre sabe cuándo llega al fin de su camino; el cuerpo manda avisos, el maravilloso mecanismo que te mantiene inteligente y alerta empieza a fallar, la memoria hace todo lo posible por salvarte y adorna lo que deseas recordar de manera objetiva. Nunca confíes en la memoria, pues siempre está de parte nuestra; adorna lo atroz, dulcifica lo amargo, pone luz donde sólo hubo sombras. La memoria siempre tiende a la ficción.

De todos modos, iba a morir en poco tiempo. Por eso llevé el revólver, nunca lo he disparado, y esta acción debía ser limpia, silenciosa, como todas en las que he participado. El único disparo de mi vida tenía que ser un homenaje a mí mismo.

También te preguntarás por qué te elegí. La respuesta es bastante simple: te observé entre muchos durante una manifestación; tenías miedo, pero lo aceptabas, no te escondías del miedo. No existen los valientes, sólo las personas que aceptan ir codo a codo con su miedo.

Si nada se ha interpuesto en mis planes, estarás junto a los que nos acompañaron. En la maleta hay casi medio millón de dólares en billetes de cincuenta y de cien. Deben ser cuidadosos, se trata de billetes emitidos antes de 1974. Cambien lo estrictamente necesario para salir de apuros, no varíen notoriamente los hábitos de vida. Les sugiero un viaje por el sur, cambiando pequeñas cantidades en cada ciudad; más tarde pueden salir al extranjero y eso les permitirá sacar legalmente del país hasta diez mil. No confíen en los bancos, guarden ese dinero sin dejar de pensar en que la gran paradoja de la fortuna es que trae problemas.

Finalmente, te preguntarás por mi insistencia en que lo hecho debía ser precisamente hoy, 16 de julio. Es una efeméride personal.

Si nadie lee esta carta, si escribo en vano y la vida torció mis planes, lo acepto. Pero si al demoler o renovar el edificio estas letras caen en manos de algún obrero de la construcción, pues que te aproveche, compañero.

epílogo

Dicen que a la salida de la galería San Antonio un ciego cantaba: *Señora, dicen que donde mi madre dicen dijeron, el agua y el viento dicen que vieron al guerrillero.*

Dicen que un inspector de Investigaciones y una joven detective fueron los primeros en acudir a El Dragón Feliz.

Dicen que a las diez de la mañana las cinco muchachitas que atendían ya vestían sus minifalditas rojas, el ex sargento reciclado en cafiche barría restos de escayola y observaba atónito el agujero cavado en un ángulo del local y muy cerca del techo.

Dicen que a los pocos minutos llegaron otros detectives premunidos de picos, palas, que sacaron a la galería el mostrador, la cafetera, y obligaron a las chicas a salir no sin antes cubrirse por el frío de julio.

Dicen que el inspector recibió una llamada urgente, con «órdenes de arriba», y lo instruían para que precintara el lugar de los hechos, sin tocar nada, hasta la llegada de alguien investido de suma autoridad.

Dicen que el inspector cruzó la galería, entró a la librería Le Monde Diplomatique y preguntó si tenían un listín de prensa.

Dicen que la detective llamó incesantemente a los periódicos, a las radios, a las televisiones, y muy pronto todo fue un mar de micrófonos, cámaras, luces, grabadoras, bolígrafos que escribían apresuradamente.

Dicen que cuando «los de muy arriba» llegaron, el inspector leía en voz alta el contenido de un cuaderno de contable. Repetía nombres conocidos, mencionaba cifras alarmantes.

Dicen que al mediodía de aquel 16 de julio había dejado de llover sobre Santiago.